书法里的茶

叶梓 著

中州古籍出版社

· 郑州 ·

图书在版编目（CIP）数据

书法里的茶 / 叶梓著 . —郑州：中州古籍出版社，2021. 10
（茶书）
ISBN 978-7-5348-9690-3

Ⅰ . ①书… Ⅱ . ①叶… Ⅲ . ①散文集 – 中国 – 当代 Ⅳ . ① I267

中国版本图书馆 CIP 数据核字（2021）第 118447 号

SHUFA LI DE CHA
书法里的茶

选题策划　梁瑞霞
责任编辑　张　雯
责任校对　岳秀霞
封面设计　黄桂敏
版式设计　曾晶晶

出 版 社　中州古籍出版社（地址：郑州市郑东新区祥盛街 27 号 6 层
　　　　　邮编：450016　电话：0371-65723280）
发行单位　河南省新华书店发行集团有限公司
承印单位　河南瑞之光印刷股份有限公司
开　　本　710 mm × 1 000 mm　1/16
印　　张　9.75
字　　数　150 千字
版　　次　2021 年 10 月第 1 版
印　　次　2021 年 10 月第 1 次印刷
定　　价　68.00 元

本书如有印装质量问题，请与出版社调换。

目录

《急就章》里的茶

　　《急就章》又称《急就篇》，传为西汉元帝黄门令史游所编纂的童蒙识字课本，因篇首有"急就"二字而得名。此书用当时的常用字编写成三言、四言或七言的韵文，内容涉及姓氏、衣着、农艺、饮食、器具、音乐、官职、法律、地理等，如一部小型的百科全书。

　　很多著名的书法家如张芝、崔瑗、钟繇、索靖、王羲之等，都曾经写过《急就章》，但都没有流传下来。现存的最早的《急就章》写本，相传为三国吴时皇象所书。皇象，字休明，三国吴时广陵江都（今江苏扬州）人，官至侍中、青州刺史。其书师法杜度，精篆隶，最工章草，笔势沉着痛快，自然纵横，有"实而不朴，文而不华"之评。他善于学习别人的书法，并能取诸家所长而成自家面目。晋葛洪《抱朴子》誉其为"一代绝手"。南朝宋羊欣说："吴人皇象能草，世称沉着痛快。"唐张怀瓘《书断》评他的章草为"神品"，八分为"妙品"，小篆

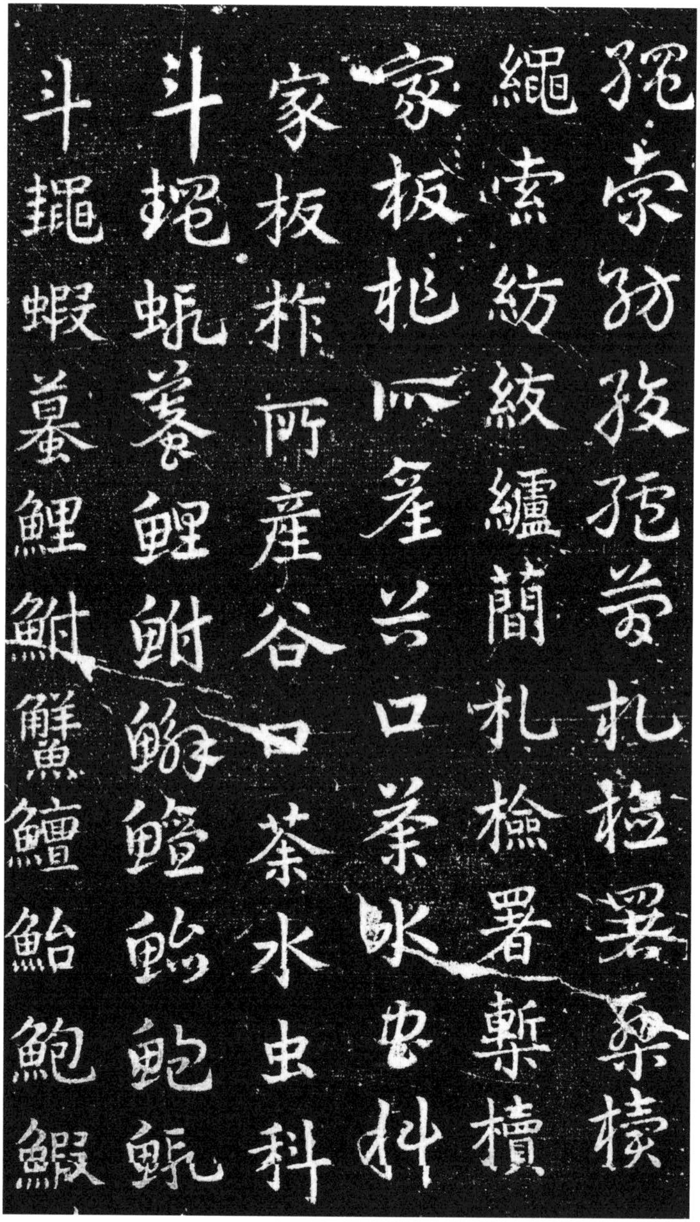

斗
䲹
蝦
蟇
鲤
鮿
鱭
鰽
鮊
鮑
鰕

斗
䲹
蚖
羹
鲤
鮒
�
鯹
鮀
鮑
魠

家
板
柞
所
産
谷
口
茶
水
虫
科

家
板
桃
以
筐
箄
口
茱
臾
虫
料

繩
索
紡
絞
纑
簡
札
檢
署
槧
槧
榜

狍
橐
𦥛
孜
矩
荷
札
楛
罦
桑
楺

〔明〕松江本《急就章》（局部）

为"能品"。

皇象本《急就章》代有传刻，宋有叶梦得刻本，明正统初吉水杨政又翻刻叶梦得本，此本被称为"松江本"。此本章草和楷体各书一行，字体略扁，字形规范，笔力刚健，寓变化于统一。通篇古朴淳厚，纵横自然，是古章草的代表作品，亦是学习章草的优秀范本。

章草，是在秦代隶书的基础上形成的一种书体，是早期的草书，始于秦汉年间，兴盛于三国及西晋，至东晋，逐渐为其他书体所取代。关于章草的起源，唐张怀瓘《书断》："章草者，汉黄门令史游所作也。""因章帝所好名焉。"认为章草起于史游《急就章》，得名于汉章帝。

那么，《急就章》跟茶有什么关系呢？

《急就章》里有这么一句话：

板柞所产谷口茶。

板柞又在何处呢？

考证下来，大抵就是今天的陕川交界一带。这里至今产茶。板柞所产之茶可能跟拥有久远历史的蒙顶茶息息相关。从这个意义上讲，《急就章》应该是中国古代书法里最早的一幅含有"茶"字的书法作品，虽然言茶事并不多，但因其第一，我还是把它写出来了。

乃可径来

有一次，怀素给朋友写信，只写了这样一句：

苦笋及茗异常佳，乃可径来。怀素上。

此信言简意赅，盛情却扑面而来！

读这样的句子，我不禁在想：这是怀素写给谁的呢？没有寒暄客套，没有起承转合式的铺垫，开门见山就说："我这里的苦笋与茶，都是上上品，你可以来呀！"如此亲切熟稔的口气至少提供了这样的信息：被隐去的受邀之人一定是常相往来的好朋友吧！

这个人会不会就是《茶经》的作者陆羽呢？

唐大历八年（773）正月，颜真卿往浙江任湖州刺史。很快，在他的周围聚集了一批文人雅士。大家天天一起游玩，颜真卿就萌生了组织朋友们编撰《韵海镜源》的想法，陆羽就是其中的一位。后来，怀素游历湖州一带，也加入到这个编撰团队里。一大帮文人凑在一起，不是弹琴品茗就是诗酒酬唱，时间久了，怀素和陆羽也混熟了，而且交情还不浅。

这从陆羽写的《僧怀素传》里可见一斑：

> 至晚岁，颜太师真卿以怀素为同学邬兵曹弟子，问之曰："夫草书于师授之外，须自得之。张长史睹孤蓬惊沙之外，见公孙大娘剑器舞，始得低昂回翔之状。款知邬兵曹有之乎？"怀素对曰："似古钗脚，为草书竖牵之极。"颜公于是徜徉而笑，经数月不言其书。怀素又辞之去，颜公曰："师竖牵学古钗脚，何如屋漏痕？"素抱颜公脚，唱叹久之。颜公徐问之曰："师亦有自得之乎？"对曰："贫道观夏云多奇峰，辄尝师之。夏云因风变化，乃无常势；又无壁坼之路，一一自然。"颜公曰："嘻！草圣之渊妙，代不绝人，可谓闻所未闻之旨也。"

陆羽在这篇小传里历述怀素学书情形，甚至不乏向颜真卿等书家学习笔法的细节。看似是陆羽给怀素写传，实际上是他们两个人交往的见证。如果没有抵足而眠、同榻卧被、把酒夜谈的深刻交流，怀素穷得"种芭蕉万余株，以供挥洒"的旧事岂能浮出水面？所以，《僧怀素传》里处处闪动的是陆羽与怀素的身影。一个茶客，一个僧人，他们的交往用现在的话来说就是一次双赢：陆羽通过怀素提高了

〔唐〕怀素《苦笋帖》

对书法的认知与审美能力，《僧怀素传》中提及的"屋漏痕""壁坼路"已经成为中国书法的重要理论概念；同样，怀素受陆羽的影响，对茶学的理解与体悟更为深刻。

说了这么多，其实无法断定这就是写给陆羽的手札——这只是我一厢情愿的猜测罢了。

不过，现藏于上海博物馆的《苦笋帖》，的确是中国古代茶书法里的精品。清吴其贞《书画记》评："书法秀健，结构舒畅，为素师超妙入神之书。"

古代书法史上，论及怀素，人们总是忘不了与张旭并称的"颠张醉素"这个名头，他健笔如飞、激情四溢的《自叙帖》，的确不负其癫狂之名，但他的《小草千字文》一改狂狷之气，写得一如小桥流水，温情脉脉。这帧《苦笋帖》，既有《自叙帖》的舒缓飘逸与神采动荡，又有《小草千字文》的温文尔雅。细细观之，《苦笋帖》的点画似高峰坠石，横如列阵排云，纵若壮士拔山，蕴含变化于法度之中。其实，《苦笋帖》的非凡之处，还在于怀素能于寥寥十四个字里营造出扑面而来的喜悦之情。诗人李白赞美怀素的书法时说道："墨池飞出北溟鱼，笔锋杀尽中山兔。"而在《苦笋帖》里"飞"出来的既是笔锋，更是情绪，期待有朋自远方来的喜悦之情！

喜悦的背后，是怀素洒脱诗意的人生。

书之最高境界，当是"无欲于佳乃佳"。怀素此帖，即如此。想想，一个渴望或者等待朋友登门造访的人，兴之所至提笔动墨，不会去思忖着要写出什么稀世名帖，但最终之所以成为名帖，靠的是时间的沉淀。在怀素的心里，惦念的可能是厨房一角的苦笋，或者是一杯清香的绿茶，这就是古代文人日常生活的一部分。

追忆逝水年华

　　一提起宋代书法，人们都会不约而同地说起苏、黄、米、蔡，在这公认的宋代四大书家里，苏轼与黄庭坚因诗歌作品的广为流传而声名远播，米芾的名气本来就大，似乎蔡襄的名气要稍逊于他们三人了。

　　蔡襄，字君谟，兴化仙游（今属福建）人。宋天圣八年（1030）进士。庆历三年（1043）知谏院，后出知福州，改福建路转运使。皇祐四年（1052）迁起居舍人、知制诰。至和、嘉祐间，历知开封府、福州、泉州。入为翰林学士、三司使。英宗朝以母老求知杭州。卒赠礼部侍郎，谥号忠。这位一生辗转数地为官的书法家，还有另外一个引人瞩目的身份——茶客。甚至说，他茶客角色的名气要胜于书法家，至少，也该平分秋色吧。

　　他的仕宦生涯于不经意间开启了宋代茶文化的繁荣之门，其赫赫功绩主要集中在庆历七年（1047）他任福建路转运使之后。

这还得从北苑的历史说起——而说起北苑，又得从中国古代的贡茶制度说起。所谓贡茶，就是古代地方进贡给朝廷的专用茶。贡茶之始，是各地方官府征集各种名茶，以土贡名义敬献朝廷，后来土贡不能满足需求，便由官府设置茶场，督造御茶，这也促进了贡焙制度的诞生。

北苑是起源于五代十国时期的贡茶产地，历史上有"北苑贡茶，名冠天下"之誉。宋仁宗庆历七年（1047）的春夏之交，蔡襄任福建路转运使。福建路转运使这一职位的重要任务就是掌管建州北苑茶焙的贡茶之事。是年秋天，蔡襄前往北苑御茶园，调研制茶过程。次年春，他从改造北苑茶品质入手，力求创新，将之前的贡茶大龙团改为了小龙团，制作工艺达到"益穷极新出，而无以加矣"的精致程度。蔡襄的身体力行，使得宋代团茶的质量达到了前所未有的高峰，使北苑贡茶从中等偏上的水平一跃成为当时国内最著名的贡茶，以至于宋仁宗当着他的面大加赞叹"所进上品龙茶，最为精好"。与他同时代的欧阳修在《归田录》里的赞誉更为详细："茶之品，莫贵于龙、凤，谓之团茶。凡八饼重一斤。庆历中蔡君谟为福建路转运使，始造小片龙茶以进，其品绝精，谓之小团。凡二十饼重一斤，其价值金二两。"

在任职期间，蔡襄每年自采茶时入山，直到修贡亭完毕才离山，亲力亲为，鞠躬尽瘁。后来，他把北苑督造贡茶工作的这段经历写成了《北苑十咏》，计有《出东门向北苑路》《北苑》《茶垄》《采茶》《造茶》《试茶》《御井》《龙塘》《凤池》《修贡亭》十首。尽管字里行间都是视察、试茶、修建贡亭等繁复细碎的工作，但他写得风雅悠闲、从容不迫，颇有举重若轻之感，仿佛满目皆是翠绿的茶树。

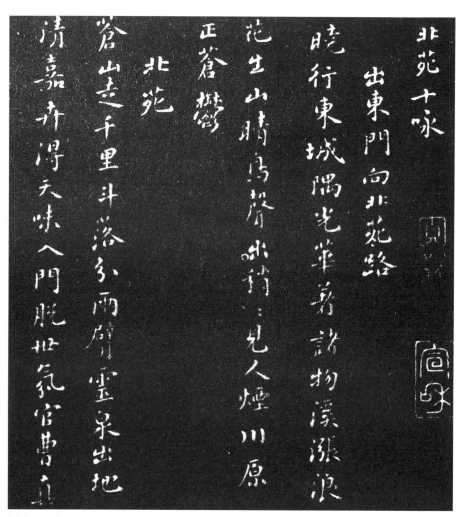

〔宋〕蔡襄《北苑十咏》（局部）

如果说蔡襄为了规范宋代的民间斗茶而写下的《茶录》是一次理论总结，那么，《北苑十咏》诗帖就是他一个人在追忆逝水年华。

为什么这样说呢？

因为只写诗歌以记其事似乎还不过瘾，蔡襄还认真地把它抄录了下来。仿佛蔡襄在喝一杯茶、抄一首诗的时候不是委身于书房，而是端坐在记忆的中央回望为官福建的点滴岁月。据说，这是我们能够见到的蔡襄督造北苑贡茶时期唯一一部与茶有关的书法作品，而且仅存拓本。此帖清新隽秀，气韵生动，从中能反映出他早期的书法风貌，从此帖活泼的笔法、轻松的格调里也能体会他行笔之际的心情是何等畅快愉悦！可以说，让我们这些凡夫俗子能够参与到这场追忆当中，体味北苑御茶园当年的繁盛景象，恰恰是《北苑十咏》的意义所在。

苏轼论蔡襄的书法时说："欧阳文忠公论书云：'蔡君谟书独步当世。'此为至言。君谟行书第一，小楷第二，草书第三。就其所长而求其所短，大字为小疏也。天资既高，又辅以笃学，其独步当世，宜哉！"言下之意就是蔡襄的行书最佳，而《北苑十咏》恰为行书抄就，这也算是北苑之幸。

三帧手札及其他

蔡襄的书法，除了《北苑十咏》，还有不少手札也与茶事有关。

《思咏帖》就是一封临别之际的短信。皇祐三年（1051），蔡襄应朝廷起召，自仙游出发，前往汴京任起居注之职。途经杭州时，也许是这里的湖光山色吸引了他，他逗留两月有余，其间邂逅友人冯京。临别之际，他兴之所至，写下此帖：

> 襄得足下书，极思咏之怀。在杭留两月，今方得出关，历赏剧醉，不可胜计，亦一春之盛事也。知官下与郡侯情意相通，此固可乐。唐侯言："王白今岁为游闰所胜，大可怪也。初夏时景清和，愿君侯自寿为佳。"襄顿首。通理当世屯田足下。大饼极珍物，青瓯微粗，临行匆匆致意，不周悉。

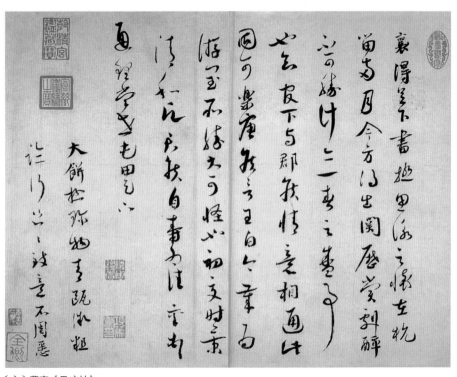

〔宋〕蔡襄《思咏帖》

这里的"唐侯",即时任福建路转运使的唐彦猷。

读此帖,轻灵飘逸,墨色温润,笔意相连,似山间流泉。别有气象的是,谋篇极为新颖,前八行为一组,余下两行另起一组,字迹缩小,疏朗之意活脱而出。此帖关涉两段茶事:一是来自家乡的茶消息,王家的白茶输给了游闰家;二是他赠予冯京的茶礼,既有大饼,亦有微粗的青瓯——如果没有猜错的话,应该是蔡京一直推崇的兔毫盏吧。

《思咏帖》,纸本,纵 29.7 厘米,横 39.7 厘米,10 行,计 107 字。

蔡襄的《精茶帖》,写于皇祐四年(1052),其布局与《思咏帖》有异曲同工之妙,稍稍有别的是笔势趋于沉稳,仿佛一个人告别青春步入中年,给人安稳妥帖之感:

> 襄启:暑热不及通谒,所苦想已平复。日夕风日酷烦,无处可避,
>
> 人生缰锁如此,可叹可叹。精茶数片,不一一。襄上。公谨左右……

此帖又称《暑热帖》,或称《致公谨尺牍》,纸本,行书,9 行,68 字,入刻《三希堂法帖》。

蔡襄的《扈从帖》,实为感谢信:

> 襄拜:今日扈从径归,风寒侵人,偃卧至晡。蒙惠新萌,珍感珍感!
>
> 带胯数日前见数条,殊不佳。候有好者,即驰去也,襄上。公谨太尉阁下。

〔宋〕蔡襄《精茶帖》（局部）

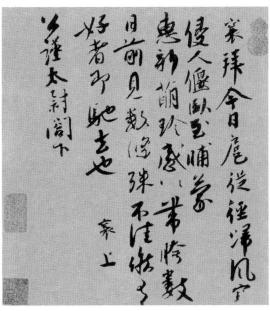

〔宋〕蔡襄《扈从帖》

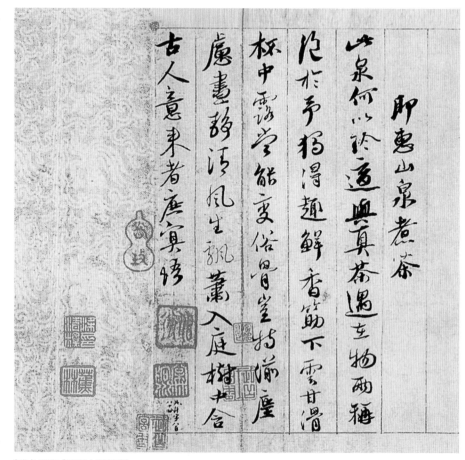

即惠山泉煮茶

山泉何以珍遂与真茶遇至物两稀

况于素师得趣鲜香筋下云甘滑

杯中云脚未须夸俗骨尘

虑毫静活风生飘萧入庭树中含

古人意来者庶宾修

〔宋〕蔡襄《即惠山泉煮茶》

扈从者，古代皇帝出巡时的侍从、侍卫人员。作为公务人员的蔡襄忙碌了一天后写下的《扈从帖》，名为"扈从"之帖，但只言扈从后的风雅之事以及对友人惠寄好茶的感激之情，丝毫没有官宦之气，写得得心应手，有一股愉悦欢欣之气扑面而来。

这篇文章标题里的"其他"，其实是指蔡襄的自书茶诗《即惠山泉煮茶》。诗曰：

此泉何以珍，适与真茶遇。

在物两称绝，于予独得趣。

鲜香箸下云，甘滑杯中露。

当能变俗骨，岂特湔尘虑。

昼静清风生，飘萧入庭树。

中含古人意，来者庶冥悟。

惠山泉是历代文人题咏不断的一个热门题材。当然，蔡襄也不例外。他不仅写了诗，还将其抄录下来，他这次无意间的雅兴，竟然成就了有关惠山泉最早的书法作品，这也该算此泉的一份荣光吧。

东坡茶事

苏轼，宋代著名文学家、书画家，是中国文学艺术史上罕见的全才。当然，苏轼也是一介茶人，流传下来了许多有关茶的诗文书法作品。

《一夜帖》，又名《致季常尺牍》，是苏轼写给朋友陈季常的一封手札：

> 一夜寻黄居寀龙，不获。方悟半月前是曹光州借去摹拓，更须一两月方取得。恐王君疑是翻悔，且告子细说与，才取得，即纳去也。
>
> 却寄团茶一饼与之，旌其好事也。轼白。季常。廿三日。

初读此帖，有些丈二和尚摸不着头脑的感觉，云里雾里，细细推敲，方知大意：王君有一幅黄居寀画的龙，被陈季常借来欣赏，苏轼又从季常手中借得，曹光州又从苏轼手中借去。现在王君向季常索要此画，季常只好催苏轼归还，

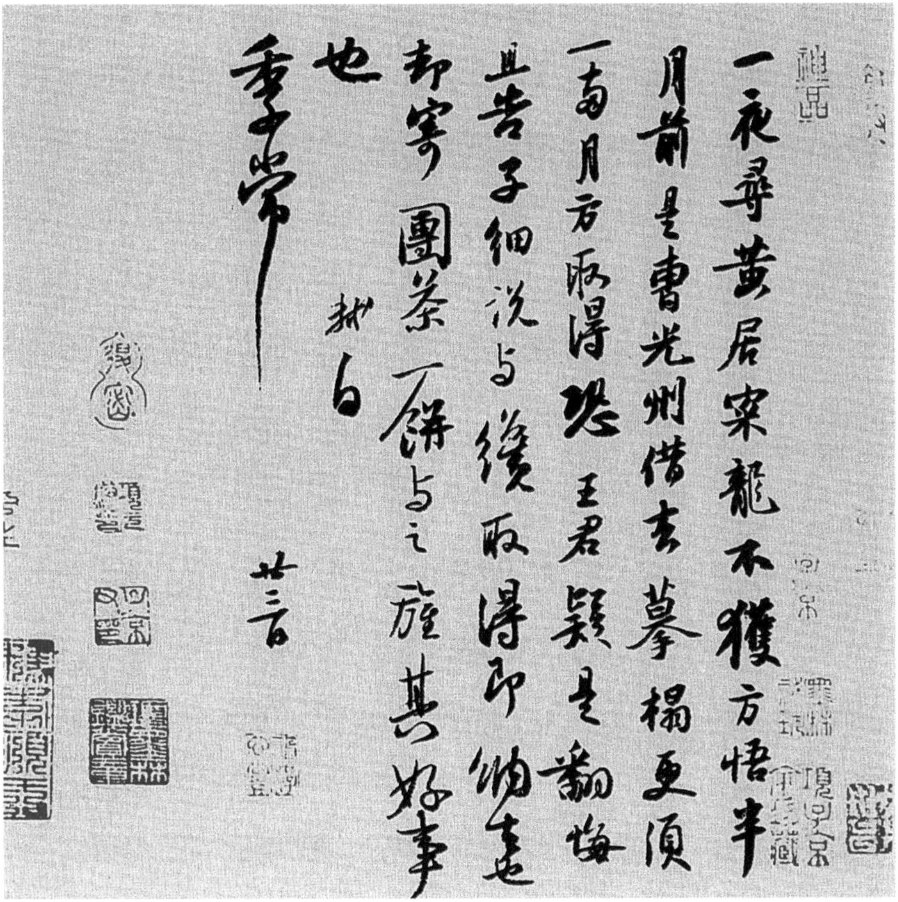

一夜尋黃居寀龍不獲方悟半
月前是曹光州借去摹搨更須
一兩月方取得恐王君疑是翻悔
且告子細說與纔取得即納去
卻寄團茶一餅與之旋甚好事
也 軾白
季常

〔宋〕苏轼《一夜帖》

苏轼找了一夜没找到，才想起是被友人曹光州借去了。苏轼怕辗转外借的事被王君知道了要反悔急索，就托季常代为解释，而且还寄上一饼名贵的好茶龙团凤饼，让季常送给王君，以此表达感谢和歉意。

我这样的理解却在读茶文化学者沈冬梅主编的一册《茶馨艺文》时，被彻底推翻了。此书的解释恰好倒了过来，是王君想通过季常借画，季常又朝苏轼来借，可苏轼找了一夜才想起早已经借给曹光州了。倘若果真如此的话，苏轼为何还要"却寄团茶一饼与之"呢？他们的理由是苏轼鼓励后生学习。依我看，也未必。因为这与"翻悔"一词似有不合，而且，宋代的团茶是极珍贵的宫廷贡品，每年所进不过四十饼，苏轼再大方也不至于如此鼓励后生吧。

不细究这些了。

毕竟，这是私人书信，内容难免枝枝蔓蔓、家长里短，一时半会说不清。需要详细说说的是陈季常——他是此帖里的关键人物。如果没有他，也就没有这帧名传千古的帖子了。陈季常，名陈慥，陕西凤翔知府陈希亮的儿子，苏轼早年任凤翔签判时与之有交。季常为人豪爽侠气、狂放傲世，且好酒，"毁衣冠、弃车马、遁迹山林"，后来隐居光州、黄州之间的岐亭。苏轼大约是在贬谪黄州期间，与季常再次相遇，《一夜帖》大抵写于此际。

苏东坡自称："我书意造本无法，点画信手烦推求。"其实，这是他的自谦之辞。他的书法功力极深，有着灿烂过后的清丽与平淡。《一夜帖》即如此，信笔写来，笔精墨妙，天姿神逸，从容洒脱，堪称精品。

除了《一夜帖》，苏轼还有不少与茶有关的手札。

《啜茶帖》，又名《致道源帖》，是苏轼于元丰三年（1080）写给道源的一则手札，邀请道源来饮茶，并说有事相商。

> 道源无事，只今可能枉顾啜茶否？有少事须至面白。孟坚必已好安也。轼上，恕草草。

道源，即杜道源，是苏东坡的好友，帖子中提到的孟坚是道源之子。

《啜茶帖》，纸本，纵 23.4 厘米，横 18.1 厘米，原帖藏于台北故宫博物院，《墨缘汇观》《三希堂法帖》等典籍皆著录。

《季常帖》，亦名《新岁展庆帖》，也是和陈季常有关的茶事之帖：

> 轼启：新岁未获展庆，祝颂无穷，稍晴，起居何如？数日起造，必有涯，何日果可入城？昨日得公择书，过上元乃行，计月末间到此，公亦以此时来，如何？窃计上元起造，尚未毕工。轼亦自不出，无缘奉陪夜游也。沙枋画笼，旦夕附陈隆船去次，今先附扶劣膏去。此中有一铸铜匠，欲借所收建州木茶臼子并椎，试令依样造看兼适有闽中人便，或令看过，因往彼买一副也。乞暂付去人，专爱护便纳上。余寒更乞保重，冗中恕不谨。轼再拜，季常先生丈阁下。正月二日。

此帖作于苏轼到黄州第二年的正月初二，他告诉陈季常，他们的好朋友"公

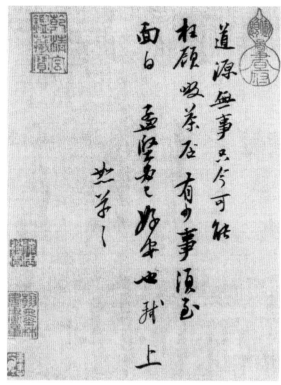

〔宋〕苏轼《啜茶帖》

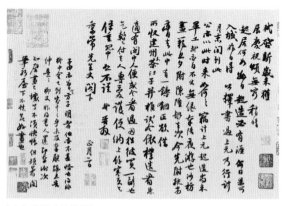

〔宋〕苏轼《季常帖》

择"即将造访黄州，过完正月十五出发，估计月底能到，他请陈季常届时过来一聚。有趣的是，苏轼得知季常家有一副可心的茶臼，又不好意思夺人所爱，便说要借来，让工匠依样制造一副，或者再去买一副。

此帖无拘无束，挥洒自如，率意而成，姿态横生，不仅是苏轼书迹中的一件杰作，也是茶文化的一件珍贵资料。

茶宴

　　茶宴，亦称茶会，是指以茶宴饮、斗茶为乐的雅集聚会，兴于唐，盛于宋，而其最早见诸史料，大约在南北朝时期，南朝宋山谦之的《吴兴记》载："每岁吴兴、毗陵二郡太守采茶宴会于此。"

　　唐代中期，茶道大行，饮茶之风盛行，上自权贵，下至百姓，都尚饮茶，真正的茶宴应运而生，这个时候的茶宴主要流行于文人墨客和禅林僧侣之间。

　　唐代钱起《与赵莒茶宴》里的"竹下忘言对紫茶，全胜羽客醉流霞"，唐代李嘉祐《秋晓招隐寺东峰茶宴，送内弟阎伯均归江州》里的"幸有香茶留稚子，不堪秋草送王孙"，唐代鲍君徽《东亭茶宴》里的"坐久此中无限兴，更怜团扇起清风"，这些诗句皆为一场场或大或小、或盛或简的茶宴。而唐代户部员外郎吕温的《三月三日茶宴序》，要算对茶宴的一次华丽铺陈了：

三月三日，上巳禊饮之日也，诸子议以茶酌而代焉。乃拔花砌，憩庭阴，清风逐人，日色留兴，卧借青霭，坐攀香枝，闲莺近席而未飞，红蕊拂衣而不散。乃命酌香沫，浮素杯，殷凝琥珀之色，不令人醉，微觉清思。虽五云仙浆，无复加也。座右才子南阳邹子、高阳许侯，与二三子顷为尘外之赏，而曷不言诗矣。

此文生动细腻地描绘了茶宴的幽雅环境以及宴会客人品茗的美妙感受。

到了宋代，随着茶叶产区的扩大和制茶、饮茶方法的革新以及茶艺的日渐精深，茶宴之风更为盛行。君王有曲宴点茶畅饮之例，百姓有茶宴品茗斗试之举，官场民间、文人骚客、寺院僧侣，处处皆可见茶宴。

著名诗人、书法家黄庭坚的传世行书《元祐四年正月初九日茶宴和御制元韵》，史称黄庭坚《茶宴帖》，记录的正是他参加一次宫廷茶宴的经历，其文曰："元祐四年正月初九日茶宴，臣黄庭坚奉敕，敬书于绩熙殿中。"

这是在华丽堂皇的绩熙殿里举行的茶宴，跟平时文人雅集闲散逍遥的茶宴有所不同，而宫廷茶宴气氛庄严肃穆，礼节烦琐严谨，所以，这幅字黄庭坚写得庄重有余，潇洒飘逸不足。

这是迄今保存的最早的茶宴书法手迹，现在江西修水黄庭坚故里还保存有巨制"茶宴碑"。

被称为"皇帝茶人"的宋徽宗赵佶精于茶事，作有专讲茶事的著作《大观茶论》，他还常常亲自烹茶，赐宴群臣，现存《文会图》相传出自徽宗之手，描绘

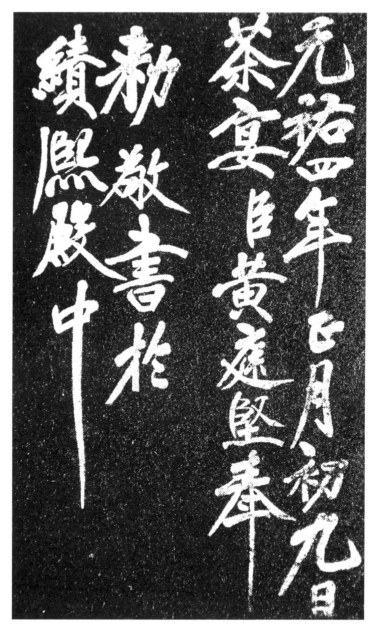

〔宋〕黄庭坚《茶宴帖》

的就是宫廷茶宴情景。户部尚书蔡京在《太清楼侍宴记》《保和殿曲宴记》《延福宫曲宴记》中都记载了徽宗皇室宫廷茶宴的盛况，特别是在《延福宫曲宴记》中写道：

> 宣和二年（1120）十二月癸巳，召宰执亲王等曲宴于延福宫。……上命近侍取茶具，亲手注汤击指拂。少顷，白乳浮盏面，如疏星淡月，顾诸臣曰："此自布茶。"饮毕，皆顿首谢。

事无巨细地记录了宋徽宗亲自烹茶、布茶、赐宴群臣的情景。

明清以后，随着饮茶方式的变革，茶宴逐渐式微，但在宫廷、寺院和士林中，茶宴仍在流传。明高启《大全集》卷十二《圆明佛舍访吕山人》有"茶宴归来晚"句。清代的乾隆皇帝每年正月五日于重华宫"茶宴廷臣"，"延诸臣入列坐左厢，赐三清茶及果饤，合诗成传笺以进"，也是宫廷茶宴的一种延续。

以茶代酒

以茶代酒的历史，最早可以追溯到晋代。

晋陈寿在《三国志·韦曜传》里记载："皓每飨宴，无不竟日，坐席无能否率以七升为限，虽不悉入口，皆浇灌取尽。曜素饮酒不过二升，初见礼异时，常为裁减，或密赐茶荈以当酒。"如此看来，宴会上颇不诚实的韦曜是以茶当酒的鼻祖了。

北宋大书法家米芾也有以茶代酒的逸事。米芾"初见徽宗，命书《周官》篇于御屏。书毕，掷笔于地，大言曰：'一洗二王恶札，照耀皇宋万古。'徽宗潜立于屏风后闻之，不觉步出纵观"。就是如此张狂、见石称兄、个性怪异得几近疯疯癫癫的米芾，竟然在宴席上以茶代酒，他的《苕溪诗（其一）》说：

半岁依修竹，三时看好花。

懒倾惠泉酒，点尽壑源茶。

主席多同好，群峰伴不哗。

朝来还蠹简，便起故巢嗟。

诗下有注，曰：

　　余居半岁，诸公载酒不辍，而余以疾，每约置膳，清话而已。复
借书刘、李、周三姓。

　　可见，在朋友觥筹交错、举杯同欢的快乐时光里，米芾因身体不适确实没
有喝酒，而是以茶代酒。

　　这一次，他喝的是壑源茶。

　　这是宋代贡茶里品质最好的一款茶。壑源在北苑以西，其所产茶与北苑相
差无几，并且因其产量不多而较为抢手。黄儒在《品茶要录》里谈道："凡肉理
实厚，体坚而色紫，试时泛盏凝久，香滑而味长者，壑源之品也。"

　　读米芾年谱可知，《苕溪诗》作于他漫游湖州之际，时在元祐三年（1088）
前后。这一年，他游历风景如画的苕溪，后写成此诗以记其事。他自书其诗，
作品末署年款"元祐戊辰八月八日作"，卷前有"米南宫诗翰"五篆字，卷末有
其子米友仁跋："右呈诸友等诗，先臣芾真足迹，臣米友仁鉴定恭跋。"后纸另
有明李东阳跋。据考证，当时米芾应湖州太守林希之邀前往湖州，即将启程，

〔宋〕米芾《苕溪诗卷》（局部）

因而将近作录于一卷以"呈诸友"，追忆了纵游常州、无锡、宜兴、苏州等地的旧日之事。

《苕溪诗卷》是米芾的经典之作，书风自如，痛快淋漓，变化有致，逸趣盎然，反映了米芾中年时书法的典型面貌。此帖与之前的《蜀素帖》成为他个人书法的两座高峰。据鉴藏印记，此帖曾藏于南宋绍兴内府，曾入明杨士奇、项元汴诸家，后入清乾隆内府，并刻入《三希堂法帖》。清亡后，《苕溪诗卷》被溥仪携至东北，伪满覆灭后与其他文物一起散佚。1963 年，故宫博物院收购到此帖。

我们在这逸趣盎然的墨迹里能够看到一个以茶代酒的米芾，多么有趣。我不禁想问，手持一盏清茶的米芾，坐在热热闹闹喝酒的朋友中间，会不会有点落寞呢？

忽有客至

在一片郁郁葱葱的松林深处，藏着一座安静的小小寺院。寺院里除了几个僧人之外，鲜有人至。一天，忽有客来，僧人喜出望外，赶紧出门拥帚置茗，与客人煮茶品茗，把话叙旧。

这个妙趣横生、诙谐有趣的故事，来自米芾的《道林诗帖》：

楼阁明丹垩，杉松振老髯。

僧迎方拥帚，茶细旋探檐。

米芾在叙写这则趣事时于无意间流露了一种宋代茶叶贮存的特定方式。细心的人都会发现这位僧人"探檐"的细小动作。

探檐是干什么？就是取茶！热情的僧人从屋檐上挂着的茶笼里取出精美的

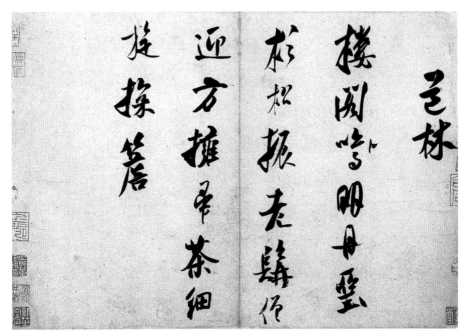

〔宋〕米芾《道林诗帖》

茶叶。

可为什么要从高高的屋檐上取呢？这还得从古代贮存茶叶说起。茶叶的特征之一，就是要保鲜，使其风味长存，这就牵扯到茶叶的贮存方式。但是，茶叶的保鲜，与水分、光线、温度息息相关。自唐代起，人们就开始用瓷瓶贮存茶叶，这种"以防暑湿"的瓶子，叫茶罂，实际是一种小口大腹的瓷器。唐、宋较为典型的器形为鼓腹平底，颈为矩形，平口。明代较为复杂，主要用瓷或宜兴紫砂大陶罂，贮存的方法是把茶罂洗净放在火上烘烤至干，然后把编好的竹叶片若干层叠于茶罂底，再将烘干的茶叶入罂，上盖竹叶片，最后用宣纸折叠六七层扎于罂口，再盖厚木板。

细读古代茶史，可看到各种贮存方式。比如宋代赵希鹄在《调燮类编》中提到的："十斤一瓶，每年烧稻草灰入大桶，茶瓶坐桶中，以灰四面填桶，瓶上覆灰，筑实。每用，拨灰开瓶，取茶些少，仍覆上灰，再无蒸坏。"再比如，明代许次纾在《茶疏》中提及的："收藏宜用瓷瓮，大容一二十斤，四围厚箬，中则贮茶。须极燥极新，专供此事。久乃愈佳，不必岁易。茶须筑实，仍用厚箬填紧，瓮口再加以箬，以真皮纸包之，以苎麻紧扎，压以大新砖，勿令微风得入，可以接新。"

这两年，迁居江南，见过不少茶农珍藏茶叶的方法，坛藏、罐藏、袋藏，五花八门，不一而足。细细审度，都是古藏之法的延续与改良。在江南的普通人家，见得最多的似乎是用牛皮纸或其他比较厚实的纸把茶包好，然后将茶包放在陶质坛罐内，中间放块状石灰包（石灰包的大小视茶叶数量而定），再用软草纸垫盖好坛口，以免空气进入太多。我曾亲眼见过一位年逾七十的老太太，一边把从狮峰山上买来的明前龙井小心翼翼地收藏，一边用杭州话自言自语："又可以喝一年哉！"她的每个动作充满了仪式感，像是完成了一年中的一件大事。

僧人的"探檐"，其实就是说明古代贮藏茶叶的方法之一。蔡襄在《茶录》里这样写道："茶不入焙者，宜密封裹，以箬笼盛之，置高处，不近湿气。"明代王象晋在《群芳谱》里谈到茶的保鲜与贮藏时如此归纳总结："喜温燥而恶冷湿，喜清凉而恶蒸郁，宜清独而忌香臭。"

如果说蔡襄用文字记载了这种贮藏方式，那么，米芾则是用诗书的风雅方式给这种存茶方式立此存照了。

赐茶

赵令畤，南宋初词人。初字景贶，后改字德麟，自号聊复翁。他天资聪慧，敏于治学，在诗、词、文等方面均有造诣。早年曾从苏轼游。元祐中签书颍州公事，时苏轼为颍州知州，荐其才于朝，后因"元祐党禁"被废十年。南宋绍兴初，袭封安定郡王。著有《侯鲭录》八卷。

赵令畤不仅有词名，他在茶书法的历史上也很有分量，这得益于他的《赐茶帖》。此帖为行书，9行，57字，内容如下：

令畤顿首：辱惠翰，伏承久雨，起居佳胜。蒙饷梨栗，愧荷。比拜上恩赐茶，分一饼可奉尊堂。余冀为时自爱。不宣。令畤顿首，仲仪兵曹宣教。八月廿七日。

〔宋〕赵令時《賜茶帖》

此为赵令時写给仲仪的一通信札，记录了他得到皇上赐茶的经历。

唐代以后，饮茶之风逐渐盛行，茶叶也成为帝王赏赐臣下的重要物品之一，至唐中期，随着官焙茶院的贡茶制度建立，赐茶制度也就应运而生。赐茶制度既有岁时之赐，亦有因人因事而设的不时之赐。唐代关于赐茶的记录，多在谢茶表中。大臣得到皇帝赐茶之后，也有一套谢赐的规矩，尤其是大臣要作谢赐表，即作诗或作文章表示感谢，这也被称为"谢茶表"。

有宋一代，随着赐茶制度的完善以及茶在人们生活中所占地位的日益重要，名茶也成为统治者赐物名单中重要的物品之一，并在社会政治生活中起了举足轻重的作用。《宋史·礼志》记载："中兴，仍旧制。凡宰相、枢密、执政、使相、节度、外国使见辞及来朝，皆赐宴内殿或都亭驿，或赐茶酒，并如仪。"

赐茶在北宋已经有一套详细完备的制度了，讲究法制化和规范化，便于操作。蔡居厚《蔡宽夫诗话》载："湖州紫笋茶出顾渚，在常、湖二郡之间，以其萌苗紫而似笋也。每岁入贡，以清明日到。先荐宗庙，后赐近臣。"这里详细规定了清明赐茶的来源、程序和范围，细致合理，可操作性强。《宣和北苑贡茶录》载："龙茶以供乘舆，及赐执政、亲王、长公主，余皇族、学士、将帅皆得凤茶，舍人、近臣赐京挺、的乳，馆阁赐白乳。"由此可见，赐茶是有严格的等级之分的，得到赐茶是一种身份、地位的象征，不同等级的官员得到不同等级的茶叶，获得赐茶是一种荣耀，正如梅尧臣《七宝茶》诗所云："啜之始觉君恩重，休作寻常一等夸。"

翻检古代历史笔记，赐茶之事，处处可见。

　　比如宴席赐茶。周密《南渡典仪》载："车驾幸学，讲书官讲讫，御药传旨宣坐赐茶。凡驾出，仪卫有茶酒班殿侍两行，各三十一人。"可见，皇上出巡时还带上几十人的"茶酒班"。这是宴席赐茶之一种。宴席赐茶的另一种是皇帝亲自布茶，如蔡京《延福宫曲宴记》所述："宣和二年十二月癸巳，召宰执亲王等曲宴于延福宫。……上命近侍取茶具，亲手注汤击拂。少顷白乳浮盏面，如疏星淡月，顾诸臣曰：'此自布茶。'饮毕，皆顿首谢。"

　　再比如殿试赐茶。张舜民《画墁录》："予元祐中详定殿试，是年分为制举考第，各蒙赐三饼，然亲知分遗，殆将不胜。"张舜民作为考官，分得三块茶饼后分予亲友，可见其对赐茶的看重，而分之不足也可见出所赐之茶的珍贵和量少。

　　还有一种，臣子在京外，皇帝会让人捎带茶叶以示慰问，如哲宗秘密向苏轼赐茶。王巩在《随手杂录》中记载："中使至……遂出所赐，乃茶一斤，封题皆御笔。"

　　皇帝向臣子赐茶，加深了君臣感情，而受茶之臣子，无不欢欣鼓舞，珍爱有加，或藏之秘箧，或分享友朋，或孝敬严慈，或品题自怡。周必大曾作《入直》诗表达感恩："绿槐夹道集昏鸦，敕使传宣坐赐茶。归到玉堂清不寐，月钩初上紫薇花。"王元之有《龙凤茶》诗云："样标龙凤号题新，赐得还因作近臣。烹处岂期商岭水，碾时空想建溪春。香于九碗芳兰气，圆似三秋皓月轮。爱惜不尝惟恐尽，除将供养白头亲。"王元之要将皇上赏赐供奉给双亲。欧阳修在为蔡襄的《茶录》所写的《龙茶录后序》中记载，有一次南郊大礼，致斋之夕，皇帝赐给中书省、枢密院两府共八位大臣一饼小团龙茶，欧阳修也分得一小块，"……中书、枢密院各四人，共赐一饼，宫人剪金为龙凤花草贴其上；两府八家，分割以归，不敢碾试，相家藏以为宝，时有佳客出而传玩尔……每一捧玩，清血交零而已"，淋漓尽致地表达了得到赐茶后如获至宝之感与感激涕零之情。

如果说散落于各类典籍史册里的赐茶之事为我们研究赐茶历史提供了一份标本的话，那么，赵令畤的《赐茶帖》则让我们看到的是一份溢于纸上的喜悦之情，那么遥远，又那么亲切。

闲品故园茶

2014 年的春天，西子湖畔有一场名曰"守望千年——唐宋元书画珍品特展"的书展，这场特展藏品丰富，令观者大开眼界。我在人流如织的展厅里不仅见到了马麟的《荷香清夏图卷》、赵构的《行书千字文卷》，还见到了陆游的《自书诗卷》。

陆游是宋代著名诗人，他曾自言"六十年间万首诗"，这话并不夸张——他留存下来的诗有九千三百多首。陆游除了作为诗人的身份之外，其实，他也是一位书法家。书法之于他，有着"平生江湖心，聊寄笔砚中"的深意，而他的书法则是"草书学张颠，行书学杨风"。

《自书诗卷》是陆游极具代表性的长卷行草，卷上藏印累累，卷后有元、明人跋尾五段，从中大略可知其流传过程。此卷曾为明末清初鉴藏名家孙承泽所有，并著录于《庚子销夏记》，后几经辗转，现藏于辽宁博物馆。

陆游流传下来的一些尺牍小品，往往是家长里短，人情往还，读来亲切有趣。比如《尊眷帖》：

> 游皇恐拜问契家尊眷，共惟并拥寿祺。镜中有委敢请，子聿六粗能勤苦，但恨不能卒业。函丈若不弃遗，尚未晚也。张七三哥□贫可念，官期尚远，奈何。每为之心折，顾无所置力耳。三丈亦念之否。游皇恐再拜。

这是一份求情帖，陆游委请函丈帮助其儿子子聿完成学业。查陆游年谱可知，子聿为他53岁时所生，是最小的儿子。此帖结体颀长，笔画劲健，独具风神。《尊眷帖》纸本，行书，11行，80字，现藏于北京故宫博物院。

当然，陆游的《尊眷帖》还让我想起他的另一幅作品《上问台阁尊眷帖》。此帖与茶有关，云：

> 游皇恐百拜，上问台阁尊眷，恭惟均纳殊祉，知监学士幸数承教，此尝纳职状以见区区，而知监谕以职状已溢员，势须小缓，别换文字，伏乞台照。游蒙宠寄天花果药等，仰戴恩念，何有穷已。新茶三十胯，子鱼五十尾，驰献尘渎，死罪死罪。建安有委以命为宠。游皇恐百拜上覆。

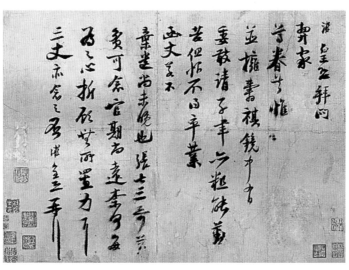

〔宋〕陆游《尊眷帖》

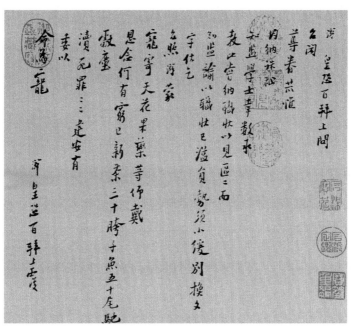

〔宋〕陆游《上问台阃尊眷帖》

宋人形容团茶的量词，圆形的称"饼"，其他造型的称"胯"，此处的"新茶三十胯"，就是新茶三十块。

陆游一生写了三百多首茶诗，也算是一介茶客了。茶圣陆羽自称为桑苎翁，陆游也喜欢用"桑苎"一词，以表达对茶圣陆羽的尊敬与仰慕。如"卧石听松风，萧然老桑苎"（《幽居即事》），又如"桑苎家风君勿笑，它年犹得作茶神"（《八十三吟》），再如"遥遥桑苎家风在，重补《茶经》又一编"（《开东园路北至山脚因治路傍隙地杂植花草》）。他的《安国院煎茶》诗写得神采飘逸，风流蕴藉。陆游写这组诗时正从南郑赶往成都，途经武连。这组诗的标题甚长：《过武连县北柳池安国院，煮泉试日铸、顾渚茶，院有二泉皆甘寒，传云唐僖宗幸蜀在道不豫，至此饮泉而愈，赐名"报国灵泉"云》。其中，第三首诗写道：

我是江南桑苎家，汲泉闲品故园茶。

只应碧缶苍鹰爪，可压红囊白雪芽。

诗里的"苍鹰爪"，即陆游的家乡绍兴的日铸茶，"红囊白雪芽"则是湖州长兴的名茶顾渚紫笋。他在诗里夸赞日铸茶胜过顾渚紫笋，也许是他思乡之情所致的偏心之辞。毕竟，早在唐代，顾渚紫笋就已是贡茶。撇开这些不说，诗里一介茶客散淡闲雅、无所事事的样子还是活脱脱地扑面而来。自此以后，"我是江南桑苎家"像是一个隐匿者的文化符号，走进了艺术世界。古代的画作里就有不少以桑苎老翁为题，桑田莽莽，农夫两三，天高地阔，一派闲适的景象。

宋朝斗茶

　　斗茶，在早期是指流行于民间的一种茶农之间评比茶叶优劣的自发性娱乐活动，又被戏称为"茗战"。唐人冯贽所撰的《云仙杂记》中就有"建人谓斗茶为茗战"的记载，这也是我们所见最早的有关斗茶的文献。这里的"建人"是指福建人，由此可以推测，斗茶，始于唐代福建建安一带。到了宋朝，建安北苑成为当时最负盛名的贡茶区，为选出进贡朝廷的上品茶，斗茶之风兴盛起来，斗茶逐渐成为一种集观赏性、趣味性、娱乐性于一体的大众化活动。

　　北宋政治家、文学家范仲淹写过一首《和章岷从事斗茶歌》，又称《斗茶歌》，写的就是建安一带的斗茶活动：

　　　　年年春自东南来，建溪先暖水微开。

　　　　溪边奇茗冠天下，武夷仙人从古栽。

新雷昨夜发何处，家家嬉笑穿云去。

露芽错落一番荣，缀玉含珠散嘉树。

终朝采掇未盈裤，唯求精粹不敢贪。

研膏焙乳有雅制，方中圭分圆中蟾。

北苑将期献天子，林下雄豪先斗美。

鼎磨云外首山铜，瓶携江上中冷水。

黄金碾畔绿尘飞，碧玉瓯中翠涛起。

斗茶味兮轻醍醐，斗茶香兮薄兰芷。

其间品第胡能欺，十目视而十手指。

胜若登仙不可攀，输同降将无穷耻。

吁嗟天产石上英，论功不愧阶前蓂。

众人之浊我可清，千日之醉我可醒。

屈原试与招魂魄，刘伶却得闻雷霆。

卢仝敢不歌，陆羽须作经。

森然万象中，焉知无茶星。

商山丈人休茹芝，首阳先生休采薇。

长安酒价减千万，成都药市无光辉。

不如仙山一啜好，泠然便欲乘风飞。

君莫羡花间女郎只斗草，赢得珠玑满斗归。

〔明〕宋克《和章岷从事斗茶歌》（局部）

　　应该说，这是将斗茶写得最为磅礴大气的一首诗，此诗成为脍炙人口、千古传诵的咏茶名作，明代书法家宋克把此诗完完整整地抄录了一遍。

　　全诗的内容可划分为三大部分：第一部分描写茶叶的生长环境、建安茶的悠久历史及采制的季节和过程。第二部分描写斗茶的过程和斗茶的热烈场面。"北苑将期献天子，林下雄豪先斗美"，点明了此次斗茶活动的目的是要在建安北苑选出最好的茶作为贡茶。然后说斗茶者选用最好的茶具和最甘甜的泉水，将茶砖磨成粉末，用热水打出泡沫，茶汤顺滑如奶油，茶味芬芳如香草。斗茶者将各自打好的茶汤放在一起，大家轮流进行品评。宋代斗茶，衡量胜负的标准是"茶味"和"茶香"，斗试的茶末茶尚绿色，点击出来的沫饽则以青翠为佳，所以说"黄金碾畔绿尘飞，碧玉瓯中翠涛起。斗茶味兮轻醍醐，斗茶香兮薄兰芷"。第三部分热情洋溢地描写了茶的神奇功效。

宋代另一位文学家苏轼也写过一首斗品贡茶的诗："武夷溪边粟粒芽，前丁后蔡相宠加。争新买宠各出意，今年斗品充官茶。""前丁后蔡"指丁谓和蔡襄。宋朝的丁谓先任福建漕使，随后蔡襄继任此职，督造贡茶，为了博得皇上的欢心，争相斗品武夷茶，"斗"出最上等的茶叶，作为贡茶，献给皇上。

宋代的斗茶，从茶民制茶者到茶商，从民间到皇宫，从百姓到文人雅士，几乎是各个阶层都爱玩斗茶。茶民制茶者玩斗茶，是为了自己的茶得个好名次；茶商玩斗茶，是为了更好地推销自己的茶饼；百姓与文人雅士玩斗茶，则是闲情之趣。斗茶的范围也十分广泛，诸如茶的产地、品种，茶叶的做工，以及烹茶所用的水，盛茶的茶具，有关茶的典故和斗茶者的见解等，这样的斗茶活动不仅促进了茶叶品质的提升和品茗艺术的发展，而且也促进了茶叶贸易的增加，为中国茶文化添上了浓重而又精彩的一笔。

再来说说这幅书法的作者宋克吧。

明初的书坛，有"三宋二沈"之说，宋克就是"三宋"之一，另外"两宋"是宋璲、宋广。宋克尤擅章草。这幅《斗茶歌》写得龙飞蛇舞，气吞山河，一路读来，忽忽生风，有"冷然便欲乘风飞"的飘逸之感。

山静日长，且来饮茶

罗大经，字景纶，号儒林，又号鹤林，南宋吉州吉水（今属江西）人。理宗宝庆二年（1226）进士，历仕容州法曹、辰州判官、抚州推官。在抚州任上遭弹劾而罢官，从此绝意仕途，闭门读书，专事著作，有《鹤林玉露》一书行世。

《鹤林玉露》里有一篇《山静日长》，颇为有名，其文曰：

唐子西诗云："山静似太古，日长如小年。"余家深山之中，每春夏之交，苍藓盈阶，落花满径，门无剥啄，松影参差，禽声上下。午睡初足，旋汲山泉，拾松枝，煮苦茗啜之。随意读《周易》《国风》《左氏传》《离骚》《太史公书》及陶杜诗、韩苏文数篇。从容步山径，抚松竹，与麛犊共偃息于长林丰草间。坐弄流泉，漱齿濯足。既归竹窗下，则山妻稚子，作笋蕨，供麦饭，欣然一饱。弄笔窗前，随大小作数十字，展所藏法帖、笔迹、画卷纵观之。兴到则吟小诗，或草《玉露》一两段，再烹苦茗一杯。出步溪边，邂逅园翁溪友，问桑麻，说粳稻，量晴校雨，探节数时，相与剧谈一晌。归而倚杖柴门之下，则夕阳在山，紫绿万状，变幻顷刻，恍可入目。牛背笛声，两两来归，而月印前溪矣。味子西此句，可谓妙绝。然此句妙矣，识其妙者盖少。彼牵黄臂苍，驰猎于声利之场者，但见衮衮马头尘，匆匆驹隙影耳，乌知此句之妙哉！人能真如此妙，则东坡所谓"无事此静坐，一日似两日，若活七十年，便是百四十"，所得不已多乎！

这篇小品文，生动细致地再现了他的隐居生活，写诗、读书、品茶等，闲适自在，随性逍遥，让人心向往之。

罗大经在此文说"午睡初足，旋汲山泉，拾松枝，煮苦茗啜之"，"兴到则吟小诗，或草《玉露》一两段，再烹苦茗一杯"，可见，他的山居生活，有茶相伴。罗大经爱茶，也懂茶，在《鹤林玉露》中记载了烹茶煮水时听水的技巧："砌虫声唧唧万蝉催，忽有千车捆载来。听得松风并涧水，急呼缥色绿瓷杯。"他还写过一首诗《茶声》："松风桧雨到来初，急引铜瓶离竹炉。待得声闻俱寂后，一瓯春雪胜醍醐。"叙述煮茶的过程，把一桩日常小事写得情趣盎然，读此诗，如闻茶声，如嗅茶香，如见茶乳。

有很多书法家、篆刻家喜欢罗大经的这篇文章，他们以自己的方式将之呈现出来。明代文徵明曾多次书写这篇《山静日长》。我们看到的这幅长卷题款曰：

〔明〕文徵明《山静日长》（局部）

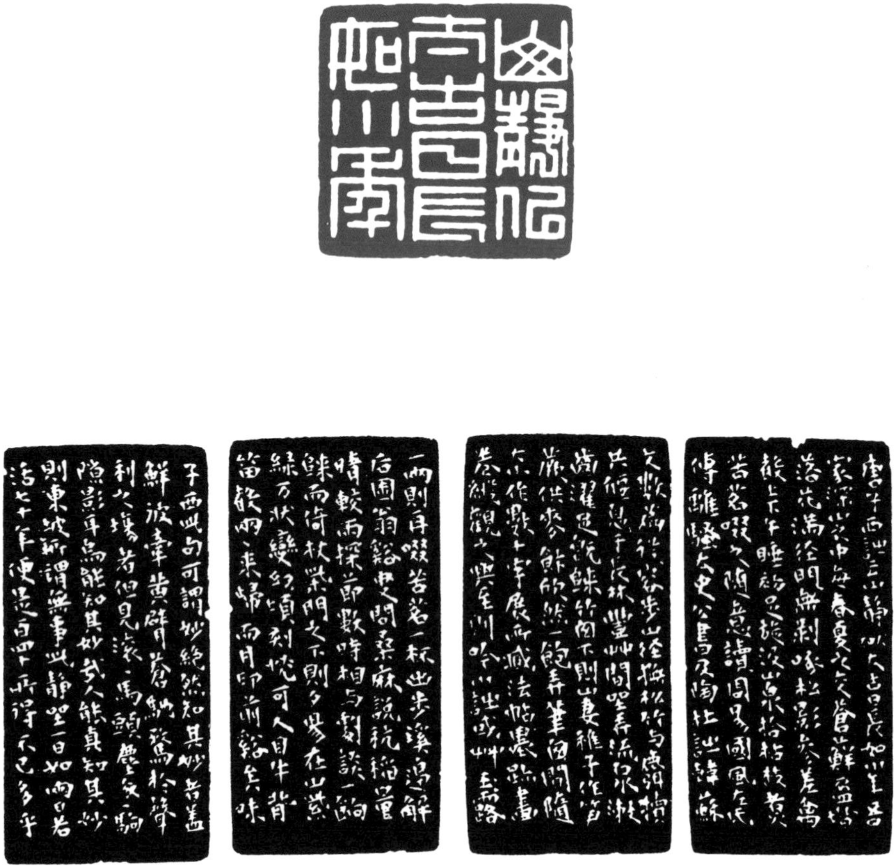

〔清〕胡钁“山静似太古，日长如小年”印章及边款

"嘉靖甲寅春二月望日书于玉兰堂，徵明。"由此可见，这是文徵明嘉靖三十年（1554）春天写就的。

据明人张丑在《清河书画舫》记载，文徵明曾在嘉靖八年（1529）画过一幅《山静日长图卷》，且在画中题写了罗大经的这篇小品文，此图今已不见。那么，文徵明在时隔二十多年之后以85岁的高龄再次书写，可见对此文的偏爱。

"山静日长"一语，出自北宋诗人唐庚的《醉眠》。这位有"小东坡"之称的诗人在谪居惠州期间写下的这首诗，因冠绝千古的首联让他在古代诗坛有了一席之地。

全诗如下：

山静似太古，日长如小年。

余花犹可醉，好鸟不妨眠。

世味门常掩，时光簟已便。

梦中频得句，拈笔又忘筌。

诗的首联"山静似太古，日长如小年"为点睛之笔，语意淡白，又韵味十足，显出意境苍茫、神态优游的"醉"意。

晚清印人胡钁有一方闲章"山静似太古，日长如小年"，他在边款里把《山静日长》的全文刻出来了。

观此印章，"山静似太古，日长如小年"，十字作三行排列，以每列三、四、三的字数安排结构，每字的高低根据文字的笔画繁简而定。在空间处理上，"山"字上部、"小"字的留红与底下的一条红形成了自然的空处。为了增加文字的密度，"山"和"如"字又作了加笔处理，使全印疏密得当，自然清朗。

此印独绝冠世的美学价值就在于边款——在一方小小印章里把一篇400多字的文章如数镌刻，令人叹为观止，这不仅需要功力，更需要耐力。观其边款，干净利落，风流蕴藉，书卷气十足。

茶具的赞美诗

闲读文徵明的《茶具十咏图》，我很是喜欢那两间青山之下绿树环绕的茅屋，但是，画下此情此景的文徵明却是有些小遗憾的。这一天，也就是明嘉靖十三年（1534）谷雨前三天，苏州的天池、虎丘等地举行茶叶品评盛会，而他抱病未去，好在朋友们没有忘记他，给他送来几款好茶，于是有了小童汲泉煮茶的逍遥之乐。

这些经历，他在题款里是这样说的：

嘉靖十三年，岁在甲午，谷雨前三日，天池、虎丘茶事最盛，余方抱疾，偃息一室，弗往能与好事者同为品试之会。佳友念我，走惠二三种。乃汲泉吹火烹啜之，辄自第其高下，以适其幽闲之趣。偶忆唐贤皮陆辈茶具十咏，因追次焉，非敢窃附于二贤后，聊以寄一时之兴耳。漫为小图，遂录其上。衡山文徵明识。

此文中"皮陆"者，乃晚唐诗坛的皮日休和陆龟蒙。他们俩常有唱和之作，皮日休写了一组《茶中杂咏》，陆龟蒙就写了一组《和茶具十咏》。

抱病在家的文徵明，情绪低落时由此及彼地想起皮陆的酬唱之趣，出于追和，也是兴之所起，画下了饮茶图，还赋诗十首。这组《茶具十咏》是五言律诗，分别写了茶坞、茶人、茶笋、茶籝、茶舍、茶灶、茶焙、茶鼎、茶瓯、煮茶。

茶坞

岩隈艺灵树，高下郁成坞。

雷散一山寒，春生昨夜雨。

栈石分瀑泉，梯云探烟缕。

人语隔林闻，行行入深迁。

茶人

自家青山里，不出青山中。

生涯草木灵，岁事烟雨功。

荷锄入苍霭，倚树占春风。

相逢相调笑，归路还相同。

〔明〕文徵明《茶具十咏图》

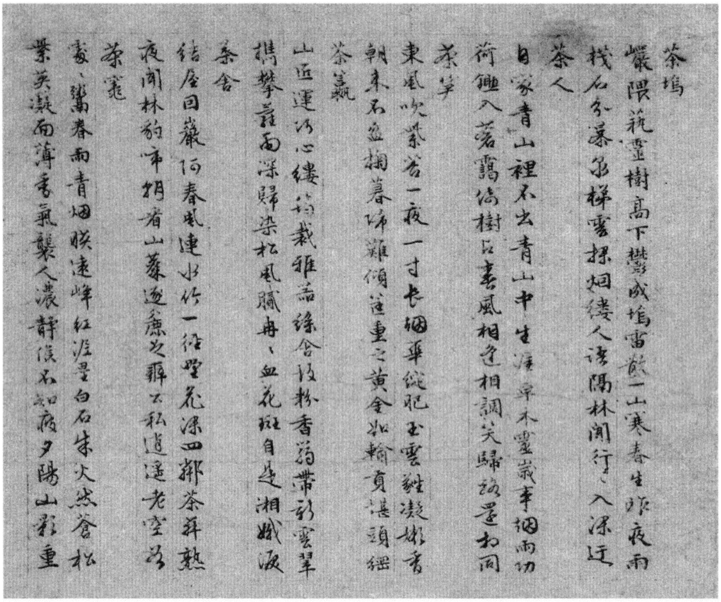

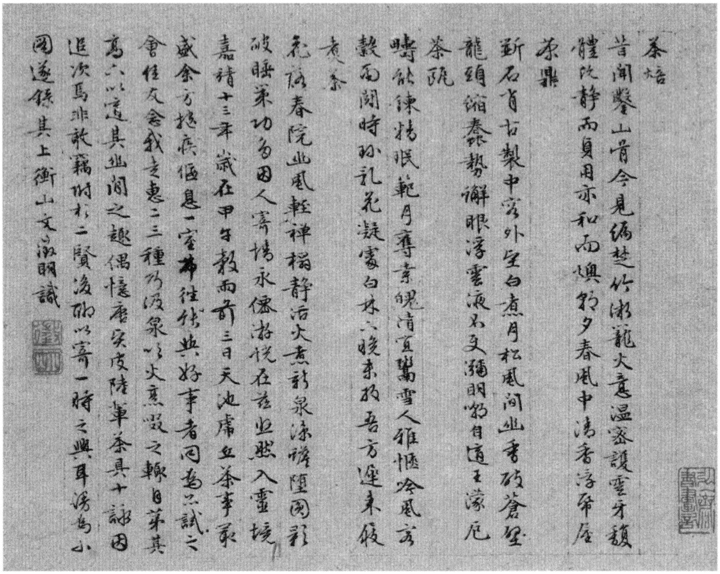

〔明〕文徵明《茶具十咏图》（局部）

茶笋

东风吹紫苔，一夜一寸长。

烟华绽肥玉，云蕤凝嫩香。

朝来不盈掬，暮归难倾筐。

重之黄金如，输贡堪头纲。

茶籯

山匠运巧心，缕筠裁雅器。

丝含故粉香，箬带新云翠。

携攀萝雨深，归染松风腻。

冉冉血花斑，自是湘娥泪。

茶舍

结屋因岩阿，春风连水竹。

一径野花深，四邻茶荈熟。

夜闻林豹啼，朝看山麋逐，

粗足辨公私，逍遥老空谷。

茶灶

处处鬻春雨，青烟映远峰。

红泥垒白石，朱火燃苍松。

紫英迎面薄，香气袭人浓。

静候不知疲，夕阳山影重。

茶焙

昔闻凿山骨，今见编楚竹。

微笼火意温，密护云牙馥。

体既静而贞，用亦和而燠。

朝夕春风中，清香浮纸屋。

茶鼎

斫石肖古制，中容外坚白。

煮月松风间，幽香破苍壁。

龙头缩蠹势，蟹眼浮云液。

不使弥明嘲，自适王濛厄。

茶瓯

畴能练精珉，范月夺素魄。

清宜鬻雪人，雅惬吟风客。

谷雨斗时珍，乳花凝处白。

林下晚未投，吾方迟来屐。

煮茶

花落春院幽，风轻禅榻静。

活火煮新泉，凉蟾堕圆影。

破睡策功多，因人寄情永。

仙游恍在兹，悠然入灵境。

　　《茶具十咏图》，亦名《茶事图》，纸本设色，墨笔，钤"徵""明"朱方联珠印，现藏于北京故宫博物院。整幅图里题诗与画几乎各占一半，上半轴为诗，下半轴为画。在幽静清雅的茶室里，主宾二人，长日清谈，神情悠然，蕴藉着浓郁的文人气息，这也正是明代文人所追求的理想生活。

虎丘试茶

读《文徵明集》，里面有不少写虎丘的句子。其中《游虎丘诗》这样写道：

短簿祠前树郁蟠，生公台下石巉颜。

千年精气池中剑，一壑风烟寺里山。

井冽羽泉茶可试，草荒支涧鹤空还。

不知清远诗何处，翠蚀苔花细雨斑。

文徵明于 1547 年书的这幅长卷，不期然间却成为他书法的精品。帖子仿的是黄庭坚的笔意，但仍有自己的风格，写得神韵俱佳。

诗里提到了不少虎丘的景点，如短簿祠、生公台、剑池等，还提到了虎丘的茶。"井冽羽泉茶可试"中的所谓"试茶"，就是品评虎丘茶。

苏州是我国著名的茶区，先后有虎丘茶、水月茶、天池茶、碧螺春等，碧螺春现在是闻名遐迩的中国名茶，但历史上虎丘茶更胜一筹。早在唐代虎丘茶就已经崭露头角，当时为官苏州的著名诗人韦应物就写过《喜武丘园中茶生》诗："洁性不可污，为饮涤尘烦。此物信灵味，本自出仙源。聊因理郡余，率尔植山园。喜随众草长，得与幽人言。"《虎丘山志》中具体描述了虎丘茶的特点："叶微带黑，不甚苍翠，点之色白如玉，而作豌豆香，宋人呼为白云花。"明代时虎丘茶已经闻名天下，成为贡茶。屠隆《茶说》中载："若吴中虎丘者上，罗芥者次之，而天池、龙井、伏龙则又次之。"虎丘茶的盛名吸引了无数文人墨客，虎丘试茶一直是明清文人的风雅传统。明王世贞就写过一首《试虎丘茶》：

> 洪都鹤岭太麓生，北苑凤团先一鸣。
>
> 虎丘晚出谷雨候，百草斗品皆为轻。
>
> 惠水不肯甘第二，拟借春芽冠春意。
>
> 陆郎为我手自煎，松飙泻出真珠泉。
>
> 君不见蒙顶空劳荐巴蜀，定红输却宣瓷玉。
>
> 毡根麦粉填调饥，碧纱捧出双蛾眉。
>
> 掬箏炙管且未要，隐囊筇榻须相随。
>
> 最宜纤指就一吸，半醉倦读《离骚》时。

在王世贞看来，当时已经赫赫有名的鹤岭茶、北苑茶、蒙顶茶都不如虎丘茶，

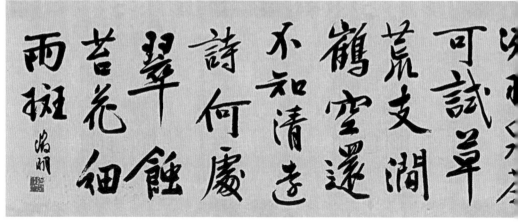

〔明〕文徵明《游虎丘诗》

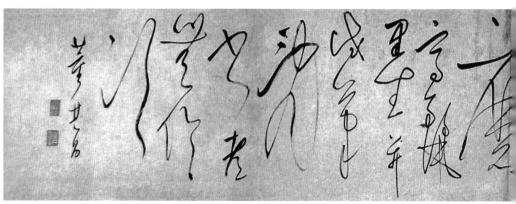

〔明〕董其昌《试墨帖》

起薄祠
前樹蠻
蟮生公臺
下石巇
顏千年
糈氣池
中劍一壑
襄氡煙寺
山牛

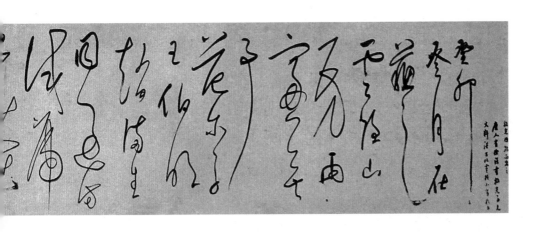

甚至连惠山泉水也要靠虎丘茶来提高身价。王世贞流连苏州多年，也许，这多多少少有些偏爱吧。

明代画家程嘉燧，画过一幅《虎丘松月试茶图》，月色下的松间一僧二俗，持盏试茶，画面雅静，仿佛皎洁的月色要从画面里渗透出来，幽远若梦。这样的虎丘之夜，隐隐有古意。

书法家董其昌的《试墨帖》，写的也是虎丘试茶的旧事：

> 癸卯三月，在苏之云隐山房，雨窗无事，范尔孚、王伯明、赵满生同过访，试虎丘茶，磨高丽墨，并试笔乱书，都无伦次。

此幅作品与《罗汉赞》《初祖赞》《送僧游五台》《送僧之牛山鸡足》及论禅、论书等合为一个长卷，现藏于日本东京国立博物馆。《试墨帖》为大草作品，在整个长卷中最为精彩，墨气淋漓酣畅，狂而不怪，草而不乱，隐隐有怀素《自叙帖》的笔意，但又别出心裁，在浓、淡、枯、湿的笔墨间营造出高远境界，让人感受到一个书法家在文房四宝面前的那种痛快淋漓的欢欣之情。

江南残年

　　2015 年 1 月，我去苏州博物馆看一场名为"六如真如"的画展，这是吴门四家之一唐寅书画的精品大展。这一次，我见到了他的《行书七律二十一首（卷）》。此卷为唐寅自书诗二十一首，赠予姚舜承。二十一首诗分别为《嘉靖改元元旦作》《嘉靖二年元旦作》《忆昔》《丹阳道中》《秋日城西》《春日城西》《小阁》《夜坐》《晏起》《晚酌》《散步》以及《漫兴十首》。此卷写得顿挫分明，是唐寅晚年的书法佳作。款署："嘉靖二年太岁癸未，苏台唐寅书于学圃堂。"钤"学圃堂印"白文印、"唐子畏图书"朱文印。

　　唐寅在《夜坐》一诗里谈到茶：

　　　　竹篝灯下纸窗前，伴手无聊展一编。

　　　　茶罐汤鸣春蚓窍，乳炉香炙毒龙涎。

〔明〕唐寅《行书七律二十一首（卷）》（局部）

细思寓世皆羁旅，坐尽寒更似老禅。

筋力渐衰头渐白，江南风雪又残年。

"茶罐汤鸣春蚓窍，乳炉香炙毒龙涎"，写出了茶与香之间的关系。煮茶伴以焚香，赏心乐事矣。好香在炉，茶烟方袅，一壶清茗，知己共饮。茶暖香温，时光慢流。

中国历代文人都曾吟咏过这种生活。陆游有诗《梦游山寺焚香煮茗甚适，既觉怅然，以诗记之》："毫盏雪涛驱滞思，篆盘云缕洗尘襟。此行殊胜邯郸客，数刻清闲直万金。"还在《闲居书事》中说："玩易焚香消永日，听琴煮茗送残春。"苏轼亦有"步来禅榻畔，凉气逼团蒲；花雨檐当乱，茶烟竹下孤；乘闲携画卷，习静对香炉""衣染炉烟金漏迥，茶烹石鼎玉蟾留"之句。朱熹有诗句"仙翁遗

〔清〕王睿章"供香瀹茗点缀诗人情里景"印章

石灶，宛在水中央；饮罢方舟去，茶烟袅细香"。这些诗句淋漓尽致地描述了宋人焚香烹茶的生活情趣。

这种风雅到了明清时期，也是有过之而无不及，明代的"士大夫以儒雅相尚，若评书、品画、瀹茗、焚香、弹琴、选石等事无一不精"。如陈继儒《小窗幽记》中的描写："焚香煮茗，把酒吟诗，不许胸中生冰炭。""白云在天，明月在地；焚香煮茗，阅偈翻经；俗念都捐，尘心顿尽。""明窗净几，好香苦茗，有时与高衲谈禅；豆棚菜圃，暖日和风，无事听闲人说鬼。"等等。

清代印人王睿章有一方"供香瀹茗点缀诗人情里景"的闲章，表现的正是诗人这种焚香煮茶的风雅。

写这首《夜坐》诗的时候，唐寅已经 54 岁了，这也是他人生的最后一年。饱经忧患的唐寅手持茶盏，静静地品味着人生的酸甜苦辣，从茶境中感悟禅机。

这样的形象自然跟民间流传的那个风流才子唐伯虎的形象，判若两人。

其实，这才是真正的唐寅。

只是，当唐寅孤坐于这样的夜晚深处，他是否想到，自己的江南残年已经差不多到了最后时刻了。

雨窗下的孤独

　　农历三月的江南，梅雨天还没到，但雨水明显多了起来，每天湿漉漉的，这样的日子容易让人陷入无边的孤独与寂寥当中。遥远的明朝，有一天，文彭就遇上了这样的天气，雨水拍打着窗外的芭蕉，文彭听着，忽然伤感起来。他就给好友钱谷写信：

　　雨窗无事，思石翁册叶一看，有兴过我，试惠泉茶新茶，何如？

　　彭再拜，叔宝老弟。辛丑三月十四日。

　　文彭，字寿承，号三桥，别号渔阳子，长洲（今属江苏苏州）人，大画家文徵明的长子。王世贞在《三吴楷法跋》称赞文彭"少承家学，善真行草书，尤工草隶，咄咄逼其父"，但文彭又兼及他法，行草初学钟王，后效怀素，晚年

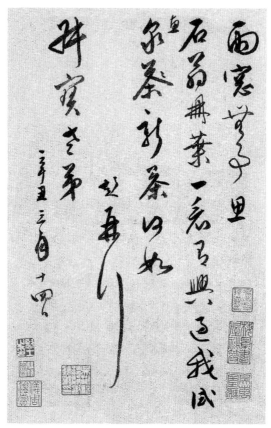

〔明〕文彭《致钱谷札》

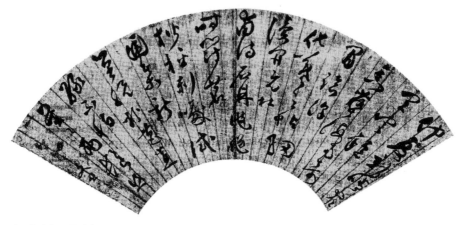

〔明〕文彭无题诗扇面

又学孙过庭，自成一家。

那么，钱谷是谁呢？

钱谷，字叔宝，自号悬磬室，吴县（今属江苏苏州）人。他年少失怙，家境贫寒，成年后拜师于文徵明门下，与王宠、陆治等画家形成了吴门画派的核心力量。正是因为与文徵明的这层门生关系，他和文彭的关系也不错，常常一起习书论艺，品茗赏景。

这帧手札里，文彭发出的喝茶邀请，就是他们日常生活的一个小小片断。

文彭有一首题于扇面的无题诗，也写到了他烹茶赏景的闲适生活：

> 仲夏新晴事事宜，定炉香热海南奇。
>
> 闲临淳化羲之帖，细读开元杜甫诗。

石鼎飕飕时斗茗，楷杆剥啄试围棋。

新篁脱粉芭蕉绿，不怕星星两鬓丝。

新篁脱粉、芭蕉吐绿的美景的确令人流连，但诗里那种看不见摸不着的放得下，才真的是打动人心。一个人，只有放下了，才会意满志得，才会悠然闲适，才会面对新篁脱粉、芭蕉吐绿的美景，能够沉浸其中，物我两忘，感受那种属于生命的巨大孤独。

煎茶指南

　　2012 年的深秋，我在浙江上虞曹娥庙的碑廊里见到了徐渭的《煎茶七类》刻石。《煎茶七类》全篇 250 多字，是徐渭晚年之作，是他的行书书法中的精品。此帖汲取宋米芾、黄庭坚及元代倪云林的神韵，奇逸超迈，纵横流利，用笔挺劲而腴润，布局飘逸而不失严谨，

　　《煎茶七类》是徐渭在前人的基础上总结出来的，分人品、品泉、烹点、尝茶、茶宜、茶侣、茶勋七则。作为茶人，徐渭对卢仝非常敬佩，对卢仝这篇茶道之论很珍视，对历代传抄引用而产生的种种疏漏、谬误一一加以订正或裁补，对茶道论中煮法与饮法不合时俗者，则"稍改定之"。正如《煎茶七类》的题跋所言：

　　　　是七类乃卢仝作也。中夥甚疾，余忙书，稍改定之。时壬辰秋仲

煎茶非漫浪，要须其人与茶品相得，故其法每传于高流隐逸、有云霞泉石磊块胸次者。

一、人品。

二、品泉。泉品山水上，江水次之，井水又次之。井贵汲多，又贵旷久，汲多气盛而足君，旷久则水新而味鲜。

三、烹点。烹用活火，候汤眼鳞鳞起，沫饽鼓泛，投茗器中，初入汤少许，候汤茗相浃却复满注，顷间，云脚渐开，乳花浮面，味奏全功矣。盖古茶用碾屑团饼，味则易出，今叶茶是尚，骤则味亏，过熟则味昏底滞。

四、尝茶。先涤漱，既乃徐啜，甘津潮舌，孤清自萦，设杂以他果，香味俱夺。

五、茶候。凉台静室，明窗曲几，僧寮道院，松风竹月，晏坐行吟，清谭把卷。

六、茶侣。翰卿墨客，缁流羽士，逸老散人或轩冕之徒，超轶世味者。

七、茶勋。除烦雪滞，涤醒破睡，谵书倦，是时茶勋，不减凌烟。

全作此中影。

壬辰秋仲徐渭书于石帆山下朱氏三宜园。

〔明〕徐渭《煎茶七类》

青藤道士徐渭书于石帆山下朱氏之宜园。

读《煎茶七类》，既是读帖，亦是读文——一篇关乎喝茶的指南。本来，这是卢仝的作品，徐渭只是将其稍作改动，但细微之处的改动恰好融入了他对茶道的独特理解。虽然，他谦虚地说只是"稍改定之"，实际上用心良苦，颇有真知灼见。

对比徐渭所书《煎茶七类》和陆树声《茶寮记》所引"煎茶七类"，我们发现"烹点""尝茶""茶勋"诸论都有不同程度的修改。其中第四则"尝茶"，陆树声原引文中说"茶入口，先灌漱，须徐啜……"，徐渭则删去"茶入口"三字，改为"先涤漱，既乃徐啜……"，随后增添"孤清自萦"一句。就是说，徐渭认为，一杯香茶在手，要先含一小口在嘴中，让茶水与舌头充分接触，品咂茶的韵味，然后再慢慢啜饮。

《煎茶七类》从人品开始，逐一论及喝茶的旨要与精髓，像一册缩写的茶经，或者说像一册实用的喝茶指南，教你如何去喝茶。徐渭的独到之处在于，茶之第一，当是人品，在茶学里将人品的地位提到首位，这在此前的茶学专著里好像没有出现过。

全文如下：

一、人品。煎茶虽凝清小雅，然要须其人与茶品相得。故其法每传于高流大隐、云霞泉石之辈、鱼虾麋鹿之俦。二、品泉。山水为上，江水次之，井水又次之。井贵汲多，又贵旋汲，汲多水活，味倍清新；汲久贮陈，味减鲜冽。三、烹点。烹用活火，候汤眼鳞鳞起，沫浮鼓泛，投茗器中。初入汤少许，候汤茗相浃，却复满注。顷间，云脚渐开，乳花浮面，味奏全功矣。盖古茶用碾屑团饼，味则易出；今叶茶是尚，骤则味亏，过熟则味昏底滞。四、尝茶。先涤漱，既乃徐啜，甘津潮舌，孤清自萦，设杂以他果，香味俱夺。五、茶宜。凉台静室，明窗曲几，僧寮道院，松风竹月，晏坐行吟，清谈把卷。六、茶侣。翰卿墨客，缁流羽士，逸老散人，或轩冕之徒，超然世味者。七、茶勋。除烦雪滞，涤醒破睡，谈渴书倦，此际策勋，不减凌烟。

徐渭对茶文化的贡献一直不为人知。其实，他写过不少茶诗，画过江南施茶风俗的茶画，还依陆羽之范撰有《茶经》一卷。《文选楼藏书记》载："《茶经》一卷，《酒史》六卷，明徐渭著，刊本。是二书考经典故及名人的事。"可惜今已散佚，见不到了，所以，现在的人一提《茶经》，总会想当然地说到陆羽的《茶经》，而少了徐渭的《茶经》。除此之外，他还亲自制作茉莉花茶与茉莉茶水，还将《煎茶七类》里的"茶宜"之境有所拓展，这在后来的《徐文长秘集》里可见一斑：宜精舍，宜云林，宜永昼清谈，宜寒宵兀坐，宜松月下，宜花鸟间，宜清流白云，宜绿藓苍苔，宜素手汲泉，宜红妆扫雪，宜船头吹火，宜竹里飘烟。

齐白石深情地说过："恨不生三百年前，为青藤磨墨理纸。"这是一个艺术大师对另一个艺术大师发自心底的遥远致敬。

寒夜客来

南宋诗人杜耒有一首名为《寒夜》的茶诗流传甚广：

寒夜客来茶当酒，竹炉汤沸火初红。

寻常一样窗前月，才有梅花便不同。

客人寒夜来访，诗人吩咐小童赶紧烧火煮茗，诗人与客人围坐在火炉前，煮茶的竹炉内炭火正红，茶鼎里的茶汤已沸，屋子里暖意融融，他们慢慢地品着香茶，淡淡地说着闲话，内心安然温暖。窗外呢，明月当空，似乎与平时并没有两样，而刚刚绽放的梅花，使得今晚的月色别有一番韵味。

明代的徐渭写过一首《鹧鸪天·竹炉汤沸火初红》，写的也是一个寒夜客来的故事：

〔明〕徐渭《鹧鸪天·竹炉汤沸火初红》

客来寒夜火初频，路滑难沽曲米春。点检松风汤易老，嫩添柴叶火新陈。　　倾七碗，对三人，须臾梅影上冰轮。他年若更为图画，添我炉边倒角巾。

"客来寒夜火初频"，在徐渭的《徐文长集》中作"客来寒夜话头频"；"点检松风汤易老，嫩添柴叶火新陈"，在《徐文长集》中作"点检松风汤老嫩，退添柴叶火新陈"；"添我炉边倒角巾"在《徐文长集》中作"添我炉头倒角巾"。

寒冬雪夜，不期有客来访，他们本来是想喝点酒的，正好应了那句"晚来天欲雪，能饮一杯无"，但因为下雪路滑，沽酒难成，只好烧火煮茶。"点检松风汤易老，退添柴叶火新陈"详写烹茶过程。以添减柴叶调整炉火的大小，把握火候；从而控制好水的温度，使茶煎得恰到好处，茶汤不老也不嫩。待茶煮好，三两好友品茗畅谈，不觉间月上梅梢，梅影摇曳，月色迷人，令人沉醉。

"添我炉边倒角巾"用晋代山简典故，典出《世说新语》。山简嗜酒，经常出游畅饮，醉后常倒戴头巾骑在马上，醉态可掬。人们给他编了首歌说："山公时一醉，径造高阳池。日暮倒载归，酩酊无所知。复能乘骏马，倒著白接篱。举手问葛强，何如并州儿？"这里用此典形容作者饮茶后的心旷神怡与潇洒旷放。

漫漫寒夜，与三两好友围炉清谈，安心地喝一杯茶，赏一树梅，一派逍遥风雅。

一瓯瑟瑟

乾隆十一年（1746）正月，汪士慎与管幼孚诸友人同登文峰塔览胜。游毕，管幼孚乘兴作《文峰塔院图》一幅，之后，管幼孚邀请汪士慎在自家的幼孚斋里品尝泾县山崖之绝品香茶，兼及论诗品画。汪士慎以隶书题七言长诗《幼孚斋中试泾县茶》于画上，以记其兴。

其诗曰：

不知泾邑山之涯，春风茁此香灵芽。

两茎细叶雀舌卷，蒸焙工夫应不浅。

宣州诸茶此绝伦，芳馨那逊龙山春。

一瓯瑟瑟散轻蕊，品题谁比玉川子。

共向幽窗吸白云，令人六腑皆芳芬。

不知汪色山之涯春風齒齒此杏靈萼兩壷細葉
雀舌卷烝焙工夫應不淺宣州諸茶此絕倫芳
馨郇邀龍山春一甌瑟瑟散輕蕊品顯誰比王
川子共向幽窗吸白雲令人六府皆芳茅長空
蔼蔼西林晚疏雨涇煙客忘返

幼孚斎中試涇縣茶
巢林老人慎

〔清〕汪士慎《幼孚斋中试泾县茶》

长空霭霭西林晚，疏雨湿烟客忘返。

汪士慎赞美了状如雀舌、色泽若玉的泾县茶叶，记述了他与管希宁烹茶对饮、其乐融融的雅事。

管希宁，字幼孚，是汪士慎的诗友、书友和画友，亦是茶友。两人常常游春、探梅、品茶，相互以诗赠答。史载，有一次，管希宁携惠山泉水过寒木山房，汪士慎大喜过望，忙开炉煮茶共品，并赋诗以记其事："高斋净秋宇，隔院来幽人。携将惠泉水，共试家园春。泠泠若空盘，瑟瑟浮香尘。一盏复一盏，飘然轻我身。"

汪士慎题诗画上的事，是他晚年生活的一个片断。条幅上所押白文"左盲生"一印，说明当书于他左眼失明以后。但他还是写得气韵生动，用笔精到，动静相宜，可谓古代隶书中的一件精品。

汪士慎，"扬州八怪"之一，字近人，号巢林，又有甘泉山人、晚春老人、溪东外史等别号。原籍安徽休宁，客居江苏扬州。他艺术天赋极高，诗、书、画、印，样样精通，这似乎是"扬州八怪"的共性之一。汪士慎一生嗜茶，自称有"茶癖"，他的生活就是饮茶、赏梅、赋诗、绘画，他在诗、书、画的世界里呈现出的独树一帜的淡雅秀逸跟他的痴茶有没有关系呢？

汪士慎有副对联："茶香入座午阴静，花气侵帘春昼长。"

读这副隶书对联，让人恍惚置身于一个古代春天的午后，在一间古旧的茶室里，无所事事地坐着——而茶室呢，就隐藏在山色青翠的大山深处。不知不觉间，暮色垂临，花香入帘，这样的夜晚固然漫长了一些，但还是适合一个人

茶香人座午阴静

笔气侵帘春昼长

〔清〕汪士慎联句

慢慢地沉浸在往事里……

他爱茶、品茶、咏茶，与茶结缘，视茶为友，可谓不可一日无此君，单在《巢林集》里，咏茶诗就达二十余首。从艺术角度讲，他写茶诗、画茶画、写茶书法；从茶客的角度讲，他为了一罐雪藏水，跑远路而求之，还专门以画记其事，其情其状，如痴如醉。他还画过自画像《巢林先生小像》，画中的自己端茶欲啜，享受品茗之乐。其实，他的不少诗朋画友都以此为题，或画或诗，比如友人高西唐为他画过《啜饮小像》，茶友陈章题赞他"好梅而人清，嗜茶而诗苦，惟清与苦，实渍肺腑"，金农干脆送他一个"茶仙"的雅号。

郎若有闲，请来吃茶

去过江苏兴化郑板桥故居的人都知道，郑氏故居的厨房上有一副对联："白菜青盐糙米饭，瓦壶天水菊花茶。"一杯菊花茶，让粗茶淡饭的生活清雅了起来，这就是有趣的板桥先生。

郑板桥，名燮，字克柔，号板桥，江苏兴化人。曾在范县、潍县任县令，政绩显著，后客居扬州，以卖画为生。郑板桥为"扬州八怪"之一，诗、书、画皆佳，人称"三绝"。他的画，以竹最多，兰、石次之，偶尔也画松、菊。他的书法十分别致，杂用篆、隶、行、楷，而能和谐统一，这种书法被后人称为"板桥体"。

除了在诗、书、画方面取得的成就，以及为官清正所展现出的铮铮风骨外，郑板桥还是一位地道的茶人，写了许多茶诗、茶联。比如，他有一首七言诗说："不风不雨正晴和，翠竹亭亭好节柯。最爱晚凉佳客至，一壶新茗泡松萝。"他在《仪真县江村茶社寄舍弟》中说："此时坐水阁上，烹龙凤茶，烧夹剪香，令友人吹笛，作《落梅花》一弄，真是人间仙境也。"

郑板桥还有一首《竹枝词》，写到了茶：

> 溢江江口是奴家，郎若闲时来吃茶。
>
> 黄土筑墙茅盖屋，门前一枝紫荆花。

溢江江边，茅草屋前，紫荆花下，谁家的女儿临风而立，她声音清亮地说："郎若有闲，请来吃茶。"

这是一首优美动人的民谣，诗人用了一个请郎喝茶的细节，惟妙惟肖地刻画出了一个智慧、率真的农家少女的可爱形象，这也是一份以茶为媒的求爱信。

自古以来，茶一直就与姻缘相连，茶与婚礼的关系，最早可以上溯到我国开始盛行饮茶的时代。唐宋以降，饮茶之风大兴，茶也真正深入民间，成为普通百姓日常生活中的重要饮品，自然也进入了人们的婚姻生活当中，渐渐形成"以茶为媒"的风俗。至元明时，"茶礼"几乎为婚姻的代名词。明人郎瑛在《七修类稿》中，有这样一段说明："种茶下子，不可移植，移植则不复生也，故女子受聘，谓之吃茶。又聘以茶为礼者，见其从一之义。"这就是说，在古代，茶树只能从种子萌芽成株，不可移植，否则会枯死。因此，茶在人们心里是一种至情不移、从一而终的象征，故而成为婚俗的一部分。清朝仍保留茶礼的观念，有"好女不吃两家茶"之说。如《红楼梦》书中，王熙凤送给林黛玉茶后，诙谐

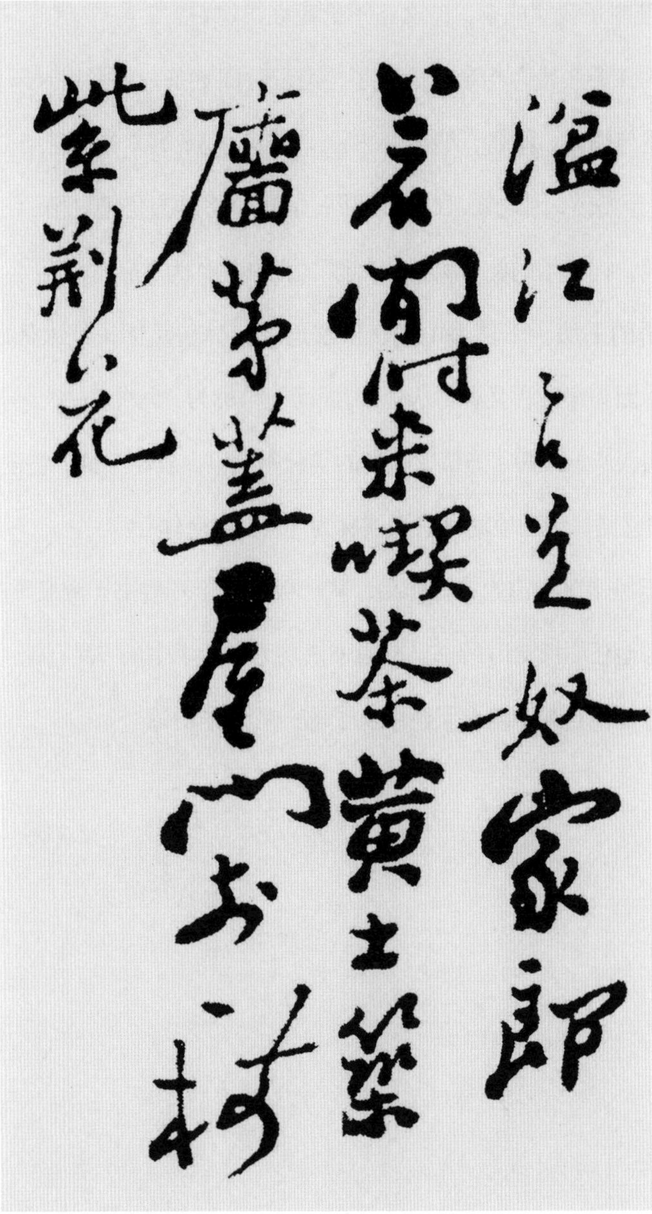

温江之送奴家郎
君闲时来吃茶黄土筑
庐茅盖屋门前一树
紫荆小花

〔清〕郑燮《竹枝词》

地说:"你既吃了我家的茶,怎么还不给我家作媳妇?"

现在的江浙一带,相亲时曰下茶,定亲时曰定茶,闹洞房时曰合茶,是为三茶,它是与纳采、问名、纳吉、纳征、请期、迎亲等六礼紧密结合在一起的。当然,茶之于婚俗,因地域、民族而不同,我国许多地方仍把订婚、结婚称为"受茶""吃茶",把订婚的礼金称为"茶金",把彩礼称为"茶礼"等。

郑板桥的书法,以草书中竖长撇法运笔,体貌疏朗,把隶体的笔行运用到行楷中,因为隶书古义称"八分",因而他自称为"六分半书"。一幅字当中,他往往会将大小、长短、方圆、肥瘦的字疏密错落,互相穿插,看过去有点"乱石铺街"的感觉,因而他的书法又被称为"乱石铺街体"。

现藏于扬州博物馆的这幅作品,从"板桥居士郑燮书于潍县"的落款可以看出,当为他任职潍县时所书。整幅书法均为六分半书的"乱石铺街体",写得奔放热情、挥洒自如,暗合了诗中女子的一片热烈情愫。

新茶消暑

2012 年的春天，我去西泠印社看春拍，八大山人的《荷花翠鸟图》以 600
万元起拍，最终以 1092.5 万元成交，在整场拍卖中成交价位列第三。

那幅画，我一看，就真心喜欢。

三条细细的荷叶茎，托起形状各异的荷叶，只有一朵细圆的小荷花苞，从
荷叶中探出头来。与其他荷叶比较，最左侧的那片荷叶尤为醒目。荷叶的正下方，
一只翠鸟，独立石上，侧身，仰头回望，神情有些迟疑，又有些惧怕，是惧怕
画框之外的猎食者，还是怕头顶上那片似乎将倾的荷叶？荷塘的一角，隐隐传
递着一种不安的孤寂气息。

我一下子对八大山人产生了浓厚的兴趣。

八大山人就是朱耷，八大山人是其号，祖籍南昌。他是名门之后，明朝宁
献王朱权的九世孙，朱权是朱元璋的第十七子，在茶史上因一册《茶谱》而闻名。

八大山人是明朝的遗民，清初画坛的"四僧"之一。他在画作上署名时常常把"八大"和"山人"竖着连写，前两个字猛一看像"哭"字，再一看，又像"笑"字，让你分不清，有些哭笑不得。

于是，有人以为八大山人喜怒无常。

其实，朱耷的心底一直藏着脉脉的温情。这从《致方士琯尺牍》里可见一斑。《致方士琯尺牍》是八大山人写给方士琯的短信，计有十三封，现藏于故宫博物院。其中一封这样写道：

乳茶云可却暑，少佐茗碗，来日为敝寓试新之日也，至于八日，万不敢爽西翁先生，八大山人顿首。稚老均此。

这里的"西翁先生"即方士琯。乳茶指嫩茶、新茶。

八大山人邀请西翁先生到家里来品尝新茶，八大山人还告诉西翁先生，原定八号的相约，他不会失约。

《致方士琯尺牍》，从用笔特点及题款来看，当为八大山人的晚年之作。篇幅虽小，但行笔流畅，字形大小不一，行列长短不齐，构成了一个错落有致、高低参差的整体。他写得随意，漫不经心，这恰恰再现了古代文人嗜好品茗、以茶会友的闲适风雅的情趣。

他还写过一首茶诗："幽闲无过道人家，洗砚焚香自煮茶。犹觉近来无俗梦，却缘枕畔有梅花。"

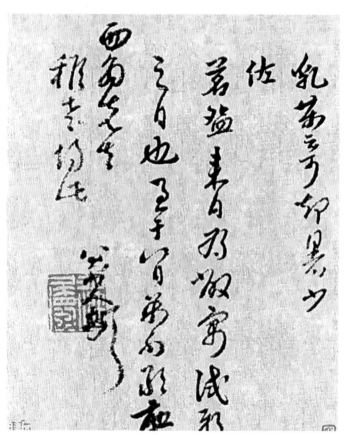

〔明〕朱耷《致方士琯尺牍》（局部）

逃闲无过道人家洗研燃香自煮茶犹觉近来无俗蜀却缘枕畔有毒也

寤形草堂公之书

〔明〕朱耷《洗砚焚香自煮茶七言诗轴》

八大山人的书法，早年师唐人之法兼收隋碑笔意，法度严谨，字形端方，挺劲束腰，其扎实的功底奠定了其日后的大作为。后师董其昌，在书法艺术理论上深受董其昌的影响，且心慕手追，达到几近形神皆备之境，后又寻求宋人书意，法黄庭坚、米芾书风，几可乱真。

金农的《双井茶》

晚年的金农，见到明代藏书家都穆在刘松年的《卢仝烹茶图》上的题款，觉得好看，索性抄了下来：

玉川子嗜茶，见其所赋茶歌，刘松年画此。所谓破屋数间，一婢赤脚，举扇向火。竹炉之汤未熟，长须之奴复负大瓢出汲。玉川子方倚案而坐，侧耳松风，以俟七碗之入口，可谓妙于画者矣。茶未易烹也，予尝见《茶经》《水品》，又尝受其法于高人，始知人之烹茶率皆漫浪，而真知其味者不多见也。呜呼，安得如玉川子者与之谈斯事哉！稽留山民金农。

金农，也许是想借这段话说出知己难觅的喟叹，宣泄一份落寞，释放一份玉川子者嗜茶見其所賦茶歌劉松年畫此所謂破屋數間一婢赤脚舉扇向火竹爐之湯夫鼓長須之奴頿負大瓢出汲玉川子方倚桉而坐側百松風以俟七椀之入口可謂妙于畫者矣茶未易饗也子嘗見茶經水品又嘗受其法才高人始知人之嗜茶率皆湯浪而真知其味者不多見也嗚呼安得如玉川子者與之譚斯事共不多見也嗚呼

稽留山民金農

〔清〕金农《玉川子嗜茶帖》

"前不见古人，后不见来者"的旷世孤独。然而，这次有意无意的誊抄却成就了中国古代茶书法史上少有的隶书中堂。

此帖绢本，纵124.5厘米，横50厘米，隶书笔体，漆书笔法，曾由夏衍先生收藏，后于1989年捐赠浙江省博物馆。

金农，字寿门，号冬心，他的别号很多，如稽留山民，如曲江外史，多得让人都记不住，但都能记住他是"扬州八怪"之一。"扬州八怪"个个都是身怀绝技的高手，换句话说就是个性鲜明，金农之怪就是秃笔重墨、有金石古拙气的漆书。

作为茶客的金农，一生写过多幅茶书法作品。如果说《玉川子嗜茶帖》是不经意间的一次情绪流露，那么，隶书轴《双井茶》算得上是其书法作品的巅峰之作。

双井茶是北宋黄庭坚大力推荐的一款名茶，他亲力亲为，写过一首《子瞻送双井茶》，欧阳修等人也曾为双井茶留下诗句，而金农这幅书轴把自己煮烹双井茶的真知灼见表露无遗。

双井今年似火，齐大熟，味差厚。漫分上来，远不能多也。砲之法：择去茶花及小黄叶，以微润布中捒去白毛，略焙之，乃砲，其出砲，如面如雪，乃佳耳。大率建溪汤欲极滚，双井则用才沸汤。治择如法，则不复色青味涩。钱塘金农书。

双井今年仙火齐大熟味苦厚潭分工来远

不能多也碓之法择去茶蘗及小黄蘗山微

润布中撅去白毛略焙之乃碓其出碓如麵则用

如雪乃佳率建彩汤散极浓双井则用

纤沸汤沾择如法则不瘦色青味滋

钱唐金农书

〔清〕金农隶书轴《双井茶》

采英亏山著经亏羽

辩烈馥芳漉清神宇

乾隆乙丑小春补杜雅粉之稽留金农

〔清〕金农书轴《述茶》

金农的隶书，历来为人称道。吴昌硕曾经说过："禅语灯前粥饭，天游笔底龙蛇。香色最宜供佛，凭渠浩劫虫沙。下笔一尘不染，吟诗半偈能持。"说的就是金农的隶书。齐白石曾说："想见毫端风露，拈来微笑迟迟。读书然后方知画，却比专家迥不同。删尽一时流俗气，不能能事是金农。"说的还是金农的隶书。两位大师级别的书画家对金农隶书的赞誉，将其推到了登峰造极的地步。事实上也是如此。《双井茶》书轴，从茶学的角度讲，是一篇关乎双井茶品饮的指南；从书法的角度讲，状若老树着新花，姿媚横生，可谓是茶香墨韵的完美结合。

晚年的金农，还写过一幅《述茶》的书轴：

采英于山，著经于羽，艽烈馥芳，涤清神宇。

寥寥十六字，情深意远，茶客之心，显山露水。

据说，金农还写过一首苏东坡的茶诗，可惜没见到，不知是不是也是用漆书笔法写的。金农50岁后开始画画，要是把他的茶画、茶书法放在一起慢慢品读，就会发现另一个闲适、淡泊的金农，他并没有因为生活潦倒窘迫而忘了风雅。

玩茶老人

丁敬是清代著名书画家，被袁枚誉为"世外隐君子，人间大布衣"。他嗜好金石文字，工诗善画，所画梅笔意苍秀。尤精篆刻，擅长切刀法，为"西泠八家"之一。著述颇丰，有《武林金石记》《砚林诗集》等行世。

他终身不仕，以酿酒为业，常和他的文人朋友厉鹗、杭世骏、金农等人交游唱和。

他平生好茶，自号玩茶老人、玩茶叟、玩茶翁等，足见其痴茶之情。他写过一组诗《论茶六绝句》：

一

松柏深林缭绕冈，筭茶生处蕴真香。

天泉点就醍醐嫩，安用中冷水递忙。

二

湖上茶炉密似鳞，跛师亡后更无人

纵教诸刹高禅供，尽是撑瓯漫眼春。

三

金齑斗茗极锱铢，被尽吴侬软话愚。

满口银针于特赏，谁知空捻老髭须。

四

天上穆陀谁获见，人间仙掌亦难遭。

琼芽只合滋仙骨，留付诗中一代豪。

五

武夷茶品益欺虚，小瓷花香重吏胥。

堪嗟吸鼻夸奇味，尽出南蛮药转余。

六

常年爱饮黄梅雨，垂死犹思紫梗茶。

寄语香山老居士，别茶休向俗人夸。

这组诗写成于乾隆己卯年（1759）。之后，他以行书写过多次，或中堂，或手卷。比如，乾隆二十八年（1763）时又以中堂款式书之，凡七行，连同题款共232字。他还写过一款手卷，卷纵17.1厘米，横117.9厘米。卷首钤朱文"无所住处""丁"，卷末钤朱文"砚林亦石"。作品最初由其弟子张燕昌存藏，后为

論茶六絕句

松柏溪松际閣，榔茶生白雪，茶旗真香。

天泉點鼓醒酬嫩，每用中冷水遞此。

話某海口銀針箬，傳高味香出市。特貴誰出歸，瓷罌粉梅。常年愛飲黃梅。

天上樓閣誰護，雨雲無緒惹嗟。老龍涎，生君勸茶。

湖上茶煙愛小鱗，漳優茶說合遊，蔡君話香山老屋。此別茶休向人。

人間偏愛不難，似肯留付詩中一。

〔清〕丁敬《论茶六绝句》

〔清〕丁敬 "且随缘"印章

吴江杨氏家藏，今藏于浙江省博物馆。

细观此手卷，于行书中偶有一二草法，加之结构变化多端，给人以徐疾轻重的节奏变化中隐隐有一股古意与山野之气。

相传，此卷写于扬州。丁敬往扬州拜访项贡父、罗聘，相邀同游中泠泉。是日天朗气清，惠风和畅，三人见此景致，好不欣喜。于是，取水煮茗，促膝啜饮，谈诗论艺。啜茶毕，丁敬兴致大发，遂抄录了《论茶六绝句》。

他在一方"且随缘"的闲章的边款里，也谈到了这种品茗吟诗的逍遥生活：

> 余新卜居祥符佛寺之西，素心良友，朝夕过从，颇有品茗斗句之乐。一日，恒开士以《龙泓小集图》见赠于余，笔墨高远，颇契予怀，作此奉酬，并志一时雅事。六十八叟丁敬。

驱愁知酒力，破睡见茶功

　　蒋仁，原名泰，字阶平，号山堂，别号吉罗居士。他是浙江仁和（今杭州）人，家住艮山门外，终身布衣。

　　蒋仁的书画并不多见。据说，这跟他性情耿介孤冷有关——他不为人所接近，也就不会轻易为人举刀落笔，故而流传作品不多。蒋仁在书画之余兼善刻竹，尝制一竹制妇人像，妇人以布帕裹首，跨一鹿，衣褶极简古，鹿足趾刻"蒋仁"二楷书。

　　他的书法深得彭绍升推崇，被视为当时第一。而在不少论者看来，其作品有颜真卿、杨凝式诸家的风骨，以行、楷书见长。

　　蒋仁传世作品虽少，却有一副有关饮茶的七言联流传下来，我见过这副茶联：

睡魔何止避三舍

欢伯直当输一筹

欢伯者，酒也。《易林》云："酒为欢伯，除忧来乐。"全联无一"茶"字，但说的正是茶的提神作用。他说，酒虽然可以除忧，但茶可驱睡。白居易也写过同样的诗句："驱愁知酒力，破睡见茶功。"

蒋仁此联取的是陆游一首诗里的句子。全诗是：

> 苍爪初惊鹰脱韝，得汤已见玉花浮。
>
> 睡魔何止避三舍，欢伯直知输一筹。
>
> 日铸焙香怀旧隐，谷帘试水忆西游。
>
> 银瓶铜碾俱官样，恨欠纤纤为捧瓯。

茶的提神功效，古有论之。名医华佗在《食论》里就提到："苦茶久食，益意思。"明代的周履靖在《茶德颂》中说得更加通透："一吸怀畅，再吸思陶，心烦顷舒，神昏顿醒。"但是，倘若从科学的角度论，所谓茶之提神，是跟茶叶里的一种氨基酸有关。医学界的研究表明，大脑可以利用氨基酸来制造某种神经传递素，以维持大脑的思维活动。茶叶中已检测出的氨基酸，就达二十多种。

除此之外，饮茶能振奋人的精神，主要是因为茶叶中咖啡因的缘故。咖啡因是强有力的中枢神经兴奋剂，可增强大脑皮质的兴奋度，使大脑思维活动更

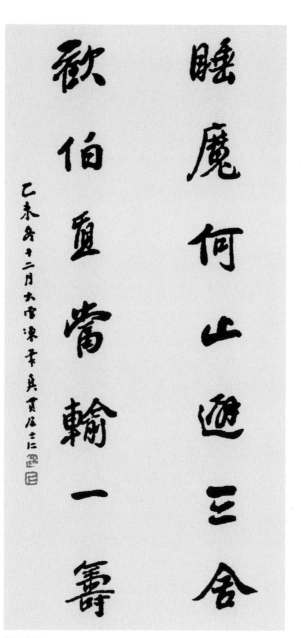

睡魔何止避三舍

歃伯宜当输一筹

乙未冬十二月大雪凍牟吴贞居士仁

蒋仁茶联

为迅速清晰，加深大脑对外界印象的感受力，提高人的反应能力。世人缘何择茶而提神，大抵是因为茶中的咖啡因对大脑没有副作用吧。

苏轼也写过一首诗，表达了茶能提神驱睡的功用：

建茶三十片，不审味如何。

奉赠包居士，僧房战睡魔。

频试敬亭茶

晚年的梁同书，生活朴素，常闭门谢客，不喜欢参加什么宴会，也不喜欢有人登门拜访。相传，他七十大寿那天，故意在家门口摆上凶具，以此谢客。就是如此淡泊名利的一个人，其治家之法，颇有心得，被杭人称为"梁氏家法"。

然而，作为书法家的他，却博采众长。他的书法初法颜、柳，后学米芾，并深受董其昌的影响，再后来渐得自如。应该说，这是他不拘泥于前人的结果。在《频罗庵论书》里他是这样说的："帖教人看，不叫人摹。今人只是刻舟求剑，将古人的书一一摹画，如小儿写仿本，就便形似，岂复有我。"

梁同书以行草见长，用笔娴静流畅、平和自然、从容洒脱，打开他的作品，那种温文尔雅的书卷气息扑面而来。因为父亲身居高位的关系，梁同书年轻时候的书法就已名扬海内，负书名六十年。当然，这与他的长寿有关。当时的书坛，把他和刘墉、王文治、翁方纲并称"四大家"。

我见过梁同书的一副茶联：

棐几只摊淳化帖

雪瓯频试敬亭茶

"淳化帖"就是《淳化阁帖》，有"法帖之祖"的称号，是我国最早的一部汇集各家书法墨迹的法帖。敬亭茶产于安徽敬亭山，就是李白"独坐敬亭山"的那座山。

敬亭茶是一种绿茶，被称为"敬亭绿雪"，是中国的传统名茶，在明清时期为贡茶，约于清朝末年失传。清代诗人施闰章有诗曰："馥馥如花乳，湛湛如云液。"清代画家梅庚称："持将绿雪比灵芽，手制还从座客夸。更著敬亭茶德颂，色澄秋水味兰花。"有人这样形容敬亭茶：新采的茶芽，形如雀舌，挺直饱满，色泽翠绿，全身白毫；入水冲泡后，汤色清亮，茶叶朵朵，垂直下沉，那披附于茶叶的白毫随之徐徐飘落，如同绿荫丛中雪花纷飞一般。

想象一番梁同书喝茶临帖的场景，也是够风雅的。一阵风吹来，夹杂着西湖边的桂香，梁同书在书房里临帖，累了，回到茶室，喝一杯敬亭茶。这是多好的时光啊。

梁同书笃信佛教，经常用小楷抄写佛经。他喜栽木瓜，自己的院子里就有一株，佛教中称木瓜为"频罗"，所以，他自号频罗庵主。又因嘉庆十六年（1811）冬天，他病重得几乎死掉，痊愈后于是自号新吾长翁。梁同书著有《频罗庵遗集》

柴几只摹淳化帖

雪瓯频试敬亭茶

九十二老人梁同书

〔清〕梁同书茶联

《频罗庵论书》《直语补证》《日贯斋涂说》《笔史》等。但这些成绩都淹没在他的书法里，无人所知。他于嘉庆二十年（1815）去世，享年93岁。死前的数日，他亲手写好了讣告，遗命不让子女治丧，不刻行状。

有一则梁同书的逸事，颇有意思。

一日，梁同书进京恭贺乾隆皇帝八十大寿，有人劝他拜谒首辅以得高位，但他毅然于次日匆匆离开，并作《家居赋答友二首》以明其志：

其一

卅年蒲柳早衰芜，壮不如人况老乎。

苦笋硬差良有愿，葫芦依相已维摹。

休言报国文章在，只合投闲草木俱。

物不答失天地大，始终渐负是顽躯。

其二

北望君门首重回，一门三世荷栽培。

臣心不似葑菲草，天意须怜臃肿材。

絮已沾泥飞不起，豆和灰冷爆难开。

他生愿作衔环雀，再上觚棱高处来。

委婉中显决绝之情，一派名士风范。

粗茶淡饭

读黄庭坚的诗集,他在《四休居士诗序》里有这么一段话:"粗茶淡饭饱即休,补破遮寒暖即休,三平二满过即休,不贪不妒老即休。"

"粗茶"是指比较粗老的茶叶,口感较为苦涩,是一种廉价茶;"淡饭"则是指简单、不讲究的饭。粗茶淡饭意味着一种清贫、朴素的生活,这里表达了黄庭坚知足随性而乐观旷达的处世态度。

古代中国,最早会过粗茶淡饭日子的人,应该是颜回吧。孔子是说:"贤哉回也,一箪食,一瓢饮,在陋巷,人不堪其忧,回也不改其乐。"一句"贤哉",是孔子发自内心的由衷赞美。

从古至今,有很多文人描写过他们粗茶淡饭的日子。宋代杨万里《得小儿寿俊家书》诗说:"径须父子早归田,粗茶淡饭终残年。"元代谢应芳在一首词中说:"余无事,只粗茶淡饭,尽有余欢。"

元代张养浩在一首《山坡羊》中写道：

一头犁牛半块田，收也凭天，荒也凭天。粗茶淡饭饱三餐，早也香甜，晚也香甜。布衣得暖胜丝锦，长也可穿，短也可穿。草屋茅舍有几间，行也安然，睡也安然。雨过天晴驾小船，鱼在一边，酒在一边。夜归儿女话灯前，今也有言，古也有言。日上三竿犹在眠，不是神仙，胜是神仙。

清代著名书画家赵之谦有一副对联，所写也正是这种清贫但知足而乐的生活：

扫地焚香得清福

粗茶淡饭足平安

扫地，焚香，粗茶，淡饭……远荣利，安贫困，在自己的世界里悠悠地过日子，这样的日子，才是真正属于自己的吧。

此联为隶书七言联，右上有题款"梅圃老兄属书"，可见是赵之谦送给朋友梅圃的。观此联，写得隽永，有隐士气，估计是赵之谦的晚年之作。

赵之谦，字㧑叔，号悲盦，浙江会稽（今绍兴）人。清代著名书画家、篆刻家。曾历任江西鄱阳、奉新、南城等知县，政绩颇著。他工诗善书，精篆刻，为清

〔清〕赵之谦联句

末著名金石书画家。有《六朝别字记》《悲盦居士文存》《二金蝶堂印谱》等传世。

在绘画方面，他擅画人物、山水，尤工花卉；在书法方面，可使真、草、隶、篆的笔法融为一体，相互补充，相映成趣；在篆刻方面，他初学邓石如、吴让之，继而上溯秦汉古印，将战国铜币、秦汉诏版、汉碑额篆等上面文字融合入印，开一派新风。

作为篆刻家的赵之谦，还有一方闲章，是与茶相关的，是为"茶梦轩"。此印线条匀实，用刀稳健，结字朴茂，有汉印遗风。而此印更大的价值在于边款——边款对"茶"字字源做出了考证。

此印边款曰：

> 《说文》无荼字，汉荼宣、荼宏、荼信印皆从木，与茶正同，疑荼之为茶，由此生误。

《说文解字》中没有"茶"字，而有"荼"字，文曰："荼，苦荼也，从草，余声，同都切。"其实，这里指的就是我们今天的"茶"。古玺、秦印中均作"荼"，汉代至唐朝初年，"荼""茶"多混用，我们现在看到的汉印中，还有的是用"荼"，但大多用的是"茶"了，直到中唐，大约陆羽创作《茶经》的时候，就只用"茶"字了。清代学者郝懿行在《尔雅义疏》中说："今'茶'字古作'荼'……至唐陆羽著《茶经》，始减一画作'茶'。今则知'茶'，不复知'荼'矣。"

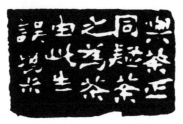

〔清〕赵之谦 "茶梦轩" 印章及边款

赵之谦在一方印章的边款中，举三例汉代印文，考证"荼"字与"茶"字之源流，为一字如此下功夫，足见其治学态度的认真严谨，也可见其在经学、文字训诂以及金石考据学方面的极高造诣。

茶梦轩，风雅古典，有清雅之气，想必是赵之谦的茶室吧。在这里，他陶醉于自己的书画天地中，即便是粗茶淡饭的生活，也自有逍遥快乐。

角茶轩

　　林语堂先生在《读书的艺术》一文里不无羡慕地写道："最懂得读书之乐者，莫如中国第一女诗人李清照及其夫赵明诚。我们想象到他们夫妇典当衣服，买碑文、水果，回来夫妻相对展玩、咀嚼的情景，真使我们向往不已。你想他们两人一面剥水果，一面赏碑帖，或者一面品佳茗，一面校经籍，这是如何的清雅，如何得了读书的真味。"

　　李清照在《〈金石录〉后序》里也写到了这种生活：

　　　　……后屏居乡里十年，仰取俯拾，衣食有余。连守两郡，竭其俸入，以事铅椠。每获一书，即同共勘校，整集签题。得书、画、彝、鼎，亦摩玩舒卷，指摘疵病，夜尽一烛为率。故能纸札精致，字画完整，冠诸收书家。余性偶强记，每饭罢，坐归来堂，烹茶，指堆积书史，言某事在某书某卷第几页第几行，以中否角胜负，为饮茶先后。中即举杯大笑，至茶倾覆怀中，反不得饮而起。甘心老是乡矣，故虽处忧患困穷，而志不屈。

从此，"角茶"一词，横空出世。

所谓角茶者，是一种茶令。茶令如酒令，助兴增趣。客观地讲，宋代盛行的斗茶推动了茶令的大发展，于是有好事者误认为茶令源于古代斗茶。其实，早在唐代，文人雅士集会时的以诗"接龙"，就是茶令的一种。唐诗里的那首《月夜啜茶》，就是几个人一起喝茶赏月时创作的。作者有六人，分别是颜真卿、陆士修、张荐、李萼、崔万以及僧皎然。

《中国风俗辞典》有这样的叙述："茶令流行于江南地区。饮茶时以一人为

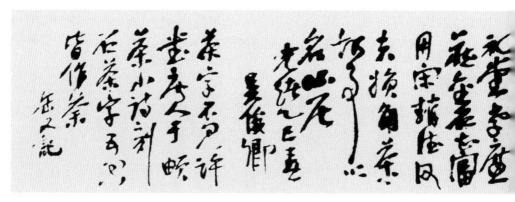

〔清〕吴昌硕为褚德彝提斋名"角茶轩"

令官，饮者皆听其号令，令官出难题，要求人解答执行。做不到者以茶为赏罚。"

南宋王十朋《万季梁和诗留别再用前韵》一诗里有诗句"搜我肺肠著茶令"，且

自注云："余归，与诸子讲茶令。每会茶，指一物为题，各举故事，不通者罚。"

看来，一个人在游戏茶令时还是有压力的，换句话说，天下没有免费的茶，还

得付出点才智。而赵明诚、李清照夫妇的角茶往事是古代茶令里最温婉美丽的

一部分，且被后世传为美谈。

清代剧作家洪昇的杂剧《四婵娟》演绎的是古代才女的故事，其中有一折

"李易安斗茗话幽情"，取材正源于此。这大约也契合了人们心里红袖添香的一

点美梦。钱锺书与杨绛，就戏仿赵明诚夫妇的茶令雅举，不论谁输谁赢，一局

斗罢，彼此相视，捧腹大笑。这有钱锺书在《槐聚诗存》里的"翻书睹茗相随老，

安稳坚牢祝此身"诗句为证。

1905 年，吴昌硕应友人褚德彝之邀，为其斋名题字。吴与褚私交甚好，也算是半个老乡。褚德彝是近代篆刻家、考古学家，浙江余杭人，其篆刻初师浙派，后精研秦汉印，所作挺秀苍劲，著有《金石学续录》《竹人录续》《松窗遗印》，皆为金石界的经典之作。给这样一位友人题写宅名，不能随心所欲，既要让其专攻之术业显山露水，亦不能过于张扬声势。于是，对赵明诚、李清照夫妇角茶典故了然于心的吴昌硕，为褚德彝的宅第欣然写下"角茶轩"三字。

这真是一个恰到好处而又风流蕴藉的斋名。

"角茶轩"三字，为篆书横批，笔法与气势皆为典型的吴氏风格。吴氏风格是什么？就是既有石鼓文的秦汉风骨，又有金石之气。边上落款稍长："礼堂孝廉藏金石甚富，用宋赵德父夫妇角茶趣事以名山居。光绪乙巳春。吴俊卿。"又款曰："茶字不见许书，唐人于頔茶山诗刻石，茶字五见，皆作茶。缶又记。"两款均以行草书之，对"角茶趣事"之典故、"茶"字字形作了考证与记述——这里的"角茶趣事"，说的就是赵明诚和妻子李清照以茶作酬的温情往事。

一个金石学家的宅第，被另一个诗、书、画、印皆精的大师嵌以一段金石的典故而风雅地命名，颇具天衣无缝之美。要是在这样的宅院里辟一茶室，品茗话石，弹琴赋诗，该有多好。

焦坑茶记

绍圣元年（1094），苏轼被贬惠州，在此期间，他曾去赣州看望朋友，他走的就是赫赫有名的大庾岭支线——浮石。浮石山顶有一座寺庙，叫显圣寺，据说现在已经没有了。但苏轼当时在这里得到一位高僧的热情接待。之后，还写了一首《留题显圣寺》：

渺渺疏林集晚鸦，孤村烟火梵王家。

幽人自种千头橘，远客来寻百结花。

浮石已干霜后水，焦坑闲试雨前茶。

只疑归梦西南去，翠竹江村绕白沙。

高僧给苏轼泡的是当地土生土长的茶——焦坑茶。这是离显圣寺不远的、赣粤交界处大庾岭特有的茶，滋味苦硬，却很耐品咂，回甘长久。后来，周辉在《清波杂志》里，也谈到了这样一款茶，他说："焦坑，产庾岭下，味苦硬，久方回甘。"如果没有苏轼扬其美名，估计此茶会一直默默无闻。然而，这款茶因为苏轼的妙笔记录，名气渐长，一度成为宫中贡品。

苏轼还写过一首《琴枕》：

> 高情闲处任君弹，幽梦来时与子眠。
>
> 彭泽漫知琴上趣，邯郸深得枕中仙。
>
> 试寻玉轸抛何处，闲唤香云在那边。
>
> 平素不须烦按抑，秦娥自解语如弦。

清代的冯文蔚，从苏轼这两首诗里各撷一句，凑成一联：

> 彭泽漫知琴上趣
>
> 焦坑闲试雨前茶

这副拼凑之联，别有深意，呈现了一份闲适淡泊的意趣，亦将茶与琴之间的微妙关系巧妙地表达了出来。

对联钤印两方，一方"冯文蔚印"，白文；另一方"丙子探花"，朱文。款云：

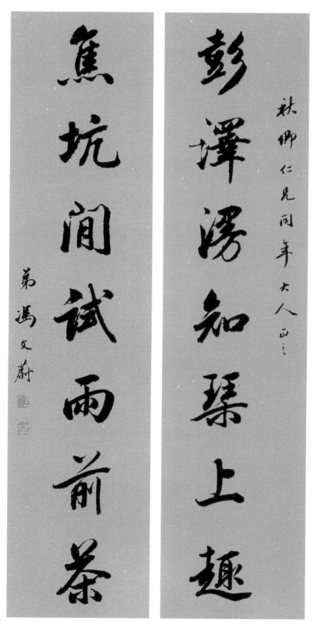

彭泽潯知琴上趣

焦坑间试雨前茶

秋卿仁兄同年大人正之

弟冯文蔚

〔清〕冯文蔚茶联

秋，卿仁兄同年大人正之。弟冯文蔚。

　　显然，这是冯文蔚的赠予之作。冯文蔚，浙江湖州人，官至内阁学士兼礼部侍郎，书法笔意含蓄，风流偶傥。

昼眠初起报茶熟

陆游写过一首《舟中偶书》：

老子西游万里回，江行长夏亦佳哉！

昼眠初起报茶熟，宿酒半醒闻雨来。

汉口船开催叠鼓，淮南帆落亚高桅。

四方本是丈夫事，白首自怜心未灰。

此诗写于陆游武汉休假期间。当时，他接到了出征的消息，得知要奔赴战场，提笔写下此诗。起句的"老子"足以看出陆游当时的心态是何等雄迈。这首诗里，与茶有关的是颔联。

清陈宝琛就抄录过这个句子。此联题识云："虔甫仁兄属书。戊辰八月陈宝

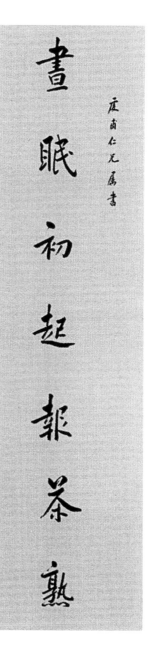

〔清〕陈宝琛茶联

琛。"钤印:"太傅之章""弢翁八十后作"。

既然是"八十后作",可见是他的晚年之作。

1848 年,陈宝琛出生于福建的一个传统的知识分子家庭。他们兄弟 6 人,3 个进士,3 个举人,人称"兄弟六科甲",在当地传为美谈。他从政之后,喜好纵论时政,与学士张佩纶、通政使黄体芳、侍郎宝廷合称"清流四谏"。中法战争后,因受牵连而连降五级,遂回乡闭门读书,修葺先祖"赐书楼",构筑"沧趣楼"。赋闲在家期间,他热心家乡教育事业,光绪二十五年(1899)任鳌峰书院山长。八年后,他创立全闽师范学堂,也就是现在的福建师范大学。宣统元年(1909),陈宝琛任礼学馆总纂大臣。后任宣统帝溥仪老师。1935 年卒于京寓,谥文忠。陈宝琛身后藏书颇丰,逾十万册,有论者以为"清末陈氏私家藏书之多,冠于全闽"。著有《陈文忠公奏议》《沧趣楼文存》《沧趣楼诗集》《沧趣楼律赋》《南游草》等。

他如此坎坷曲折的一生,为什么会在晚年抄录陆游的这个句子呢?我一直在想,他是壮志未酬,还是雄心已泯?也许都是,也许都不是。

鲁迅也吃茶

鲁迅喜欢抽烟、喝酒，也喜欢喝茶，相较于把自己的书房命名为"苦茶庵"、给随笔集取名"苦茶随笔"的周作人，鲁迅专门谈茶的文章很少，似乎只有一篇开宗明义的《喝茶》。

此文见于鲁迅《准风月谈》，其中有一段话颇为经典：

> 有好茶喝，会喝好茶，是一种清福。不过要享这清福，首先必须
> 有工夫，其次是练出来的特别的感觉。

这段话道出了鲁迅个人简单而至真的茶学观念：喝茶是一种清福，要想享受这种清福，就得既要有闲，还得有敏锐的味觉。

在这篇文章中，鲁迅还提到了他泡茶、品茶的经验：

喝好茶，是要用盖碗的，于是用盖碗。果然，泡了之后，色清而味甘，

微香而小苦，确是好茶叶。但这是须在静坐无为的时候的。

他对好茶的概括精准而细腻：色清而味甘，微香而小苦。就是说好茶要汤色清透、润口好、回甘好、气味醇正、香气持久。寥寥数语，道出了茶的精妙，说明鲁迅先生确实是深谙饮茶之道的。

后来，翻译家、书法家楚图南把鲁迅的喝茶经验"色清而味甘，微香而小苦"写成了斗方。

其实，鲁迅和周作人，自小就生活在一个有着喝茶传统的家庭。周作人在《鲁迅的故家·茶水》一文里，如此回忆：

在家里大茶几上放着一把大锡壶，棉套之外再加草囤，保持它的温度。早晚三次倒满了，另外冲一闷碗浓茶汁，自由配合了来吃。夏天又用大钵头满满冲了青蒿或金银花汤，等凉了用碗舀，要吃多少是多少。用的是天落水，用一两只七石缸储存着，用板盖盖好。

尽管鲁迅专门写茶的文章少之又少，但他在日记里屡屡提及品茗之事，说明他其实也是经常去喝茶的。20世纪二三十年代的北京，茶馆遍布，彼时的鲁迅是北京茶楼的座上客。以1912年的日记为例，似乎去得最多的是青云阁，兹录几则日记如下：

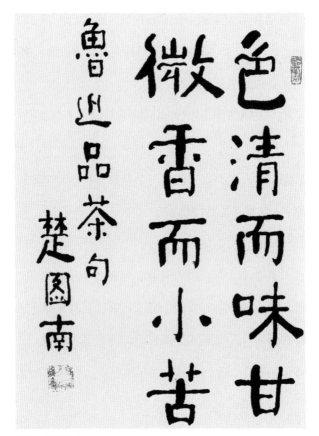

楚图南茶句斗方

下午同季市、诗荃至观音街青云阁啜茗。

——1912 年 5 月 26 日记

午后同季市至观音寺街购齿磨一、镜一、宁蒙糖一，共银二元。
又共啜茗于青云阁，食虾仁面合。

——1912 年 12 月 31 日记

午同二弟往观音寺街买食饵，又至青云阁玉壶春饮茗，食春卷。

——1917 年 11 月 18 日记

这三则日记，提到青云阁，又提到玉壶春；提到饮茗，又提到吃点心。到底是一家还是两家，到底是吃东西还是喝茶呢？周遐寿《补树书屋旧事》载："从厂东门（原文误为厂西门）往东走过去，经过一尺大街，便是杨梅竹斜街，那里有青云阁的后门，走到楼上的茶社内坐下，吃茶点代替午饭。"据此而知，青云阁是商场名，玉壶春是茶社名，吃茶又吃点心，吃点心代替吃饭。

数年之后，他还和徐悲鸿等人在中兴茶楼啜茗畅谈，尽兴而归：

星期日休息。刘半农邀饮于东安市场中兴茶楼。晚与二弟同往，同席徐悲鸿、钱稼陵、沈士远、尹默、钱玄同，十时归。

——1918 年 12 月 22 日记

在北京期间，鲁迅不仅常去茶楼，还常去一些公园里的茶室。公园里的茶室，也就是大众茶馆，取的是自然风景，绿树荫中，鸟语声声，啜饮清茗，情趣倍生。1924年4月13日日记云："上午至中山公园四宜轩，遇玄同，遂茗谈至晚归。"同年5月11日日记云："往晨报馆访孙伏园，坐至下午，同往公园啜茗，遇邓以蛰、李宗武诸君，谈良久，逮夜乃归。"

鲁迅还在公园茶室里完成了部分翻译工作。1926年七八月间，鲁迅与齐寿山合译《小约翰》，就是在公园茶室完成的。前后一月余，鲁迅几乎每天下午去公园茶室译书，直至译毕。鲁迅离京前，朋友们为他饯行，也选择在公园茶室，那是北海公园琼华岛上的漪澜堂茶室。

其实，鲁迅更多的是在家里喝茶，写作的时候，喝茶有助于提神醒脑。周作人在《关于鲁迅二三事》中写道："鲁迅在写作时，习惯随时喝茶，又要开水。所以他的房里，与别人不同，就是三伏天，也还要火炉：这是一个炭钵，外有方形木匣，炭中放着铁三脚架，以便安放开水壶。茶壶照例只是急须，与潮人喝工夫茶相仿，泡一壶茶只可二三个人各为一杯罢了。因此屡次加水，不久淡了，便须更换新茶叶。"

对于喝茶这件事，鲁迅不讲究所谓的茶道礼仪和环境，相比于周作人"喝茶当于瓦屋纸窗之下，清泉绿茶，用素雅的陶瓷茶具，同二三人共饮，得半日之闲，可抵十年尘梦"的闲适幽雅，鲁迅喝茶，要随意得多，他可以去茶馆喝茶，可以自己在家随时喝，可以用茶壶煮茶喝，也可以用临时茶杯泡茶喝。喝茶只是为喝茶而已，也许这才算是喝茶之清福吧。

禅茶一味

最近几年，茶文化、禅文化里常常提到的一桩公案，就是"吃茶去"。其事载《赵州和尚语录》，云：

> 师问二新到："上座曾到此间否？"云："不曾到。"师云："吃茶去。"
> 又问那一人："曾到此间否？"云："曾到。"师云："吃茶去。"院主问："和
> 尚！不曾到，教伊吃茶去，即且致。曾到，为什么教伊吃茶去？"师云：
> "院主。"院主应诺。师云："吃茶去！"

赵州从谂和尚"吃茶去"公案之后，宋代高僧圆悟克勤依此公案参悟出茶和禅的一体性，在夹山灵泉禅院提出禅茶一味的说法，并刻石为碑。禅茶一味道出了茶与禅在精神上的一致性，亦成了诠释茶与禅之关系的千古绝唱，从此

以后"禅茶一味"即为品茶者、参禅者所秉承的不二法门。宋代诗人陈知柔在其描写天台山风景《题石桥》一诗中说"我来不作声闻想，聊试茶瓯一味禅"，点出了禅茶一味的意境。

近代有一首诗，深得其中三昧，是赵朴初写的：

七碗受至味，一壶得真趣。

空持千百偈，不如吃茶去。

1989年，中国茶文化展示周在北京民族文化宫举办。赵朴初应主办方之邀，写了这首诗。据说，赵朴初后来写过多幅，分赠他人。

应该说，这是一首颇为精妙的茶禅之诗，既有文典，又具禅理。文典在于"七碗"取自卢仝的《走笔谢孟谏议寄新茶》，禅理在于活用了唐代高僧从谂禅师的"吃茶去"。从"吃茶去"的公案拓展开来，寥寥二十字，一个超然尘外的禅者形象跃然纸上，也写出了禅茶一味的精妙体验。

赵朴初还写过好多有关茶禅一味的条幅。

饮茶的普及与佛教的发展有很多内在的联系。佛教传入中国，是一个漫长的过程。设若这是一场漫长的旅行，那么，途中必会遇到中国的建筑、宗教、饮食，等等。当然，也会遇到茶。佛教与茶的相遇以及后来的结缘同行，看似偶然，实则必然。佛教在汉代传入中国时，恰好是茶在中国广为栽培之时；佛教兴盛于唐，又与唐代饮茶之俗遍及中国大江南北几乎同步；那些偏僻的高山

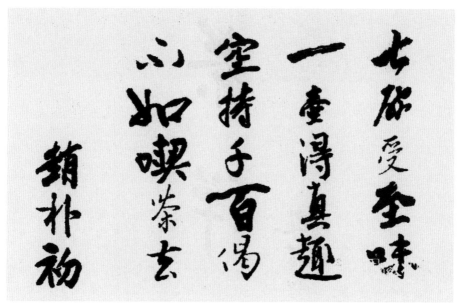

七碗受至味
一壶得真趣
空持千百偈
不如喫茶去

赵朴初

赵朴初《不如吃茶去》

赵朴初《茶禅一味》

老林，是追求"远避尘世，静宜诵颂"的佛教建寺庙的理想之处，恰恰这样的高山峻岭终年云雾缭绕，最宜茶树生长；当然，更重要的是佛教以及寺院自身对茶的需求，或者说，随着佛教禅宗的发展——坐禅时闭目静思而极易入睡，于是，可以提神的茶也就自然而然地出现在佛教以及寺院当中。

唐代的陆羽在《茶经》里引述了《晋书》里的记载：

敦煌人单道开，不畏寒暑，常服小石子，所服药有松、桂、蜜之气，所余茶苏而已。

单道开是东晋时僧人，在昭德寺坐禅修行，常服用有松、桂、蜜之气味的药丸，饮一种将茶、姜、桂、枣等合煮的名曰"茶苏"的饮品——当时的一种茶汤。

唐代怀海和尚作《百丈清规》，将茶礼正式定入佛事活动中，形成了宗教性的茶道，此后，有关僧人饮茶的诗文多了起来，明代诗人陆容有诗咏道：

江南风致说僧家，石上清香竹里茶。

法藏名僧知更好，香烟茶晕满袈裟。

此外，僧院茶道由寺院传入民间，民间也在茶礼茶仪中居家修行。明代乐纯著《雪庵清史》里列举居士"清课"有"焚香、煮茗、习静、寻僧、奉佛、参禅、说法、作佛事、翻经、忏悔、放生……"诸项，其中"煮茗"居第二，竟列于"奉佛""参禅"之前，也说明了茶在禅修中的重要价值。

寺院里的茶，用途有三：供佛、待客、自奉。就是在这个过程中，禅茶一味渐成气象。起初，佛教及寺院用茶，大抵是用茶提神、破睡、醒脑，取的是茶的自然功效。换句话说，这只能算是在自然属性上茶与佛教的结合，而不是精神层面的以茶助禅、以茶悟道，更谈不上茶禅一味。禅茶一味的形成，是茶与佛相遇后茶达到的最高境界，也是茶与禅两种不同的文化在各自漫长的历史发展中互相影响、最终融合成的一种新的文化形式，即禅茶文化，这是中国传统文化重要的一部分。

所谓禅茶一味，即能从"禅"中闻到"茶"香，能从"茶"中品出"禅"味，茶中有禅，禅借茶悟，二位一体，水乳交融。其实，禅茶一味也是一场生命的修行，不喝茶也能入禅，天天喝也未必入得了禅，在茶与禅之间，一定有一条秘密通道，不是每个人都能发现它的来路与归处。

与君安坐吃茶

汪曾祺先生的书画，我是见过一些的。一册《文与画》里，收录了他的 90 多幅作品，我一幅不落地看了。他的书画有十足的文人气，也有茶余饭后的烟火味。

一次，读闲书，见到汪曾祺的八个字，与茶有关：

岂止七碗，不让卢仝。

字写得圆润、老道。这几个字是 1992 年 11 月汪曾祺在杭州参加三联书店的开张活动时，与丁聪先生应邀做客于茶人之家时欣然写下的。茶人之家，就是茶人的家，其实是一个茶文化民间团体，庄晚芳首倡，经 1982 年浙江茶叶学会多次商议，浙江省科协批准后同意筹建的一个民间社团。

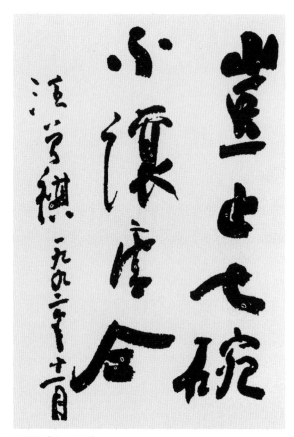

汪曾祺《岂止七碗》

汪曾祺写下这几个字时，一定会想起当年在杭州喝过的龙井吧？他在《寻常茶话》里自陈，1947 年春，他在杭州喝过一杯好茶：

真正的狮峰龙井雨前新芽，每蕾皆一旗一枪，泡在玻璃杯里，茶叶皆直立不倒，载浮载沉，茶色颇淡，但入口香浓，直透脏腑，真是好茶！只是太贵了。

《收获》杂志的公众微信号上推出了他的《桃花源记》。这是《湘行二记》里的一篇，最初刊发在 1983 年的《芙蓉》杂志上。《桃花源记》里，汪曾祺用大量的篇幅写了当地的擂茶。他应景区管理处的邀请题字时，就把吃擂茶的经历写出来了：

红桃曾照秦时月，黄菊重开陶令花。

大乱十年成一梦，与君安坐吃擂茶。

后来，大抵是他回忆起桃花源之行了吧，将此诗泼墨纸上，且有题款：

旧作宿桃花源，丙子入冬。曾祺。

我读《文与画》一书时发现，"丙子"这一年，好像是汪曾祺的书画创作丰年。

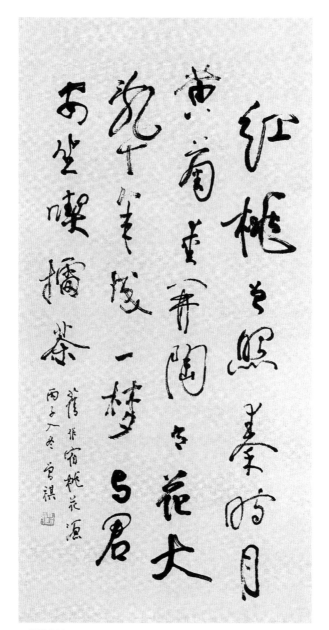

汪曾祺茶诗

汪曾祺书陆游句

这一年，他还抄录过陆游的句子：

> 矮纸斜行闲作草，晴窗细乳试分茶。

汪曾祺应该算一个地道的茶客了，他的文字与茶有关的较多。他改编过一出《沙家浜》的京戏，里面有一段就是春来茶馆老板娘阿庆嫂唱的：

> 垒起七星灶，铜壶煮三江；
>
> 摆开八仙桌，招待十六方；
>
> 来的都是客，全凭嘴一张；
>
> 相逢开口笑，过后不思量；
>
> 人一走，茶就凉，有什么周详不周详。

现在，我生活在苏州，这里是碧螺春的故乡。有一年，汪曾祺先生就来过苏州，在苏州东山的春在楼吃碧螺春，见娇小玲珑的毛茸茸的碧螺春，是用大碗泡的，极不解，遂问陆文夫。陆文夫答曰：碧螺春就讲究用大碗喝，是谓茶细器粗也。